MARIANNE VIC

LE PRINCE DE BABYLONE

ÉDITIONS DU SEUIL
57, rue Gaston-Tessier, Paris XIXe

ISBN 978-2-02-150585-6

www.seuil.com

À Pierre et Paul,
Mes fils tant aimés.

J'avançai rapidement contre Babylone dont j'avais planifié la conquête. [...] *Je détruisis de fond en comble la ville et les maisons, des fondations jusqu'au toit, et je la brûlai par le feu.* [...] *Je l'aplanis plus que ne l'aurait fait un déluge afin qu'on ne se souvînt jamais de cette ville et de ses temples.*

Extrait des *Annales de Sennachérib*
rapportant la prise de Babylone.

Je l'avais bien senti, bien des fois, l'amour en réserve. Y en a énormément. On peut pas dire le contraire. Seulement c'est malheureux qu'ils demeurent si vaches avec tant d'amour en réserve, les gens. Ça ne sort pas, voilà tout. C'est pris en dedans, ça reste en dedans, ça leur sert à rien. Ils en crèvent en dedans, d'amour.

Louis-Ferdinand Céline,
Voyage au bout de la nuit.

I

Mr Kane was a man who got everything he wanted, and then lost it. Maybe Rosebud was something he couldn't get, or something he lost. [...] *I guess Rosebud is just a piece in a jigsaw puzzle... a missing piece.*

Extrait du film *Citizen Kane*,
d'Orson Welles.

Paris, 55, rue de Babylone, printemps 2003.

Un salon lambrissé ouvre sur la verdure des jardins cachés de la ville. Tout est feutré, comme dans les riches demeures dont les occupants ne donnent plus de fêtes. Cela fait bien longtemps que ces pièces n'ont pas retenti de musiques rythmées ni de rires. Ici vit le reclus de la rue de Babylone avec pour seule compagnie son chien Moujik et ses domestiques.

L'homme reste assis des heures face à un tableau posé sur un chevalet. D'autres sont accrochés aux cimaises : Picasso, Gauguin, Matisse, Cézanne, Manet… Il ne les regarde plus, pourtant il les a désirés ainsi qu'on désire une femme ou un homme. De celui-ci, il ne se lasse pas. C'est un portrait d'enfant. Il est vêtu d'un costume bleu nuit ceinturé de soie rose, avec un col en dentelle blanche. Le peintre a inscrit le nom et l'âge de son jeune modèle. Don Luis Maria de Cistué y Martinez a deux ans et huit mois. Il tient un petit chien en laisse, comme un jouet.

Fils d'un juriste proche de Charles IV et d'une suivante de la reine Marie-Louise, don Luis est le filleul du roi d'Espagne, un héritier d'importance dont Goya fit le portrait en 1791, deux ans seulement avant que les désastres du corps et de l'histoire n'envahissent son œuvre. *El niño azul* est un tableau rare, l'artiste a peint peu d'enfants. Un autre est au Metropolitan Museum, à New York, *El niño rojo* car son costume est rouge.

L'homme vieillissant ne quitte pas l'enfant des yeux, même pour saisir le verre de soda *light* posé sur un guéridon, entre une vierge du XVIIe, un vase grec du siècle d'Alexandre et une tête de christ en ivoire. Un lien étrange l'attache à ce tableau, il l'appelle « Mon petit enfant rose ». Luis Maria est blond avec des yeux bleus, comme Yves Saint Laurent l'était au même âge.

Depuis l'année dernière, il n'a plus de collection à dessiner. Désormais, le couturier dispose de tout son temps. Trop de temps. Il s'abîme dans le gouffre mélancolique où le plonge l'œuvre de Goya. Plus rien ni personne n'intéresse Yves, sauf ce gamin à tête d'ange. Cet enfant bleu est le reflet de l'innocence du premier âge, mais aussi, plus voilé, celui de l'Espagne. Des sensations diffuses émergent de sa contemplation. Yves perçoit les échos d'une lointaine mélopée. Une femme chante une comptine en espagnol :

Caracol, col, col,
Saca tus cuernos al sol
Que tu padre y tu madre
Ya los sacaron.
Caracol, col, col...

Se souvient-il de Maria, son arrière-grand-mère née en Espagne, morte en Algérie lorsqu'il avait trois ans ? À Oran, Maria est venue assister à son baptême, elle l'a quelquefois bercé, offrant à cet enfant l'affection dont elle avait privé les siens. Yves regarde le tableau pour entendre, encore et encore, cette voix d'outre-tombe qui l'apaise. L'essentiel d'une vie gît dans la part d'innocence et d'insouciance, toujours dérobée et irrécupérable. Comme le modeste traîneau du richissime Charles Foster Kane, *El niño azul* incarne pour Yves le *rosebud* de l'homme altéré quand il tente, au seuil de son existence, de se rappeler la douce caresse des jours enfuis.

Calfeutré dans un *Xanadu* à sa démesure, Yves Saint Laurent a accompli son destin et n'attend plus que la mort. Il semble monter sur l'échafaud quand il vient saluer le public à la fin du dernier défilé de janvier 2002, rétrospective de ses quarante années de création depuis la première maison de couture à son nom.

Un autre homme méditait chaque jour face à un tableau pour s'imprégner de son sort. Louis XVI a fait venir aux Tuileries le portrait de Charles Ier d'Angleterre par Van Dyck qui était accroché à Versailles. Il pressent le même dénouement tragique, sa tête tranchée. Le roi plonge dans l'œuvre pour exorciser la peur et s'approprier la mort à venir. Yves se perd dans l'enfant de Goya pour oublier le néant qui l'accable.

Un jour, le Prado insiste pour exposer la peinture. Incapable de s'en séparer, Yves refuse. La collection d'art a été initiée et enrichie à deux, avec Pierre Bergé. Le couple ne vit plus ensemble depuis la fin des années 1970, mais Pierre sait l'importance des prêts recensés sur le pedigree d'une œuvre, un passage au Prado ne peut qu'accroître la valeur du Goya. Il l'impose à Yves et fait réaliser une photographie. Elle est encadrée et posée sur le chevalet, à l'emplacement exact du tableau. Pendant les mois d'absence de son enfant rose, Yves n'ira pas s'asseoir dans le salon.

Cinq ans plus tard, 1er juin 2008.

El niño azul l'attend, mais il ne vient plus. Sister Morphine a pris la place du « Petit enfant rose » dans le cœur d'Yves. Depuis quelques semaines, elle est devenue sa plus fidèle compagne, sa sœur préférée.

Please, sister morphine, turn my nightmares into dreams. Oh, can't you see I'm fading fast ? And that this shot will be my last.

Yves adore la pochette du vinyle des Rolling Stones, celle avec la braguette en relief sur l'entrejambe du chanteur qui porte à droite. Il est dingue de Mick, il pue le sexe, son odeur préférée. L'activité mentale peut rester intense sous le masque du coma, la scène de leur première rencontre tourne en boucle dans son cerveau désaccordé. C'était à Marrakech, à la fin des années 1960, lors d'une soirée chez Paul et Talitha Getty.

À cette époque, à Paris, Yves et Pierre dînent souvent chez Lipp ou chez Maxim's avant d'aller chez Régine. À l'automne 1965, ils observent une liane qui ondule sur la piste de danse dans une indécente robe en crochet. C'est Talitha. Elle les convainc de la rejoindre au Maroc, l'hiver suivant. Ni l'un ni l'autre ne connaissent, ils descendent à la Mamounia. C'est un coup de foudre, Yves a trouvé son éden.

Au Pleasure Palace des Getty se mêlent milliardaires désœuvrés, rock-stars et jolis parasites. Talitha, sublime et défoncée, plane complètement. Il y a les Stones et Andy Warhol, Marianne Faithfull et Anita Pallenberg. Soirée hippie chic avec danseurs, acrobates, montreurs de serpents et toutes sortes de drogues. Haschisch, héroïne et opium. Pierre Bergé : « Je n'ai jamais vu autant de gens camés ! » Rabat-joie, a dû penser Yves.

Il s'adresse à Talitha : « Tu es belle et libre comme l'héroïne d'un roman de Fitzgerald. » Mais les héroïnes de Scott finissent mal en général. Trois ans plus tard, en 1971, Yves apprend sa mort par overdose, seule à Rome, dans le penthouse de la piazza d'Aracoeli. Elle n'a que trente et un ans, son corps est déjà meurtri. Danser, boire, se droguer et baiser, elle ne savait rien faire d'autre. « De toutes les façons, elle aurait mal vieilli ! » sera son seul commentaire. Tout passe, tout lasse, très vite chez Yves. La même année, en mai, Mick a épousé Bianca à Saint-Tropez. Ensemble, ils sont allés à la maison de couture, la première, installée dans le XVIe arrondissement de Paris, rue Spontini. Yves a dessiné la tenue de la mariée, un tailleur blanc, avec un large chapeau et un voile. La veste d'homme, portée à même la peau par Bianca enceinte, fait scandale.

Trente ans plus tard, Sister Morphine est encore là. Elle est entrée sans bruit par la porte cochère du 55, rue de

Babylone. Moujik n'a pas aboyé à son approche, il l'évite, son instinct de bête sait. Dans le vestibule, elle passe devant le torse romain tout en muscles de marbre, sans un regard. Murs laqués rouges et plafond recouvert de feuilles d'or, ambiance fumerie d'opium. Elle patiente dans l'antichambre tandis qu'Yves ressasse ses visions de moribond. Elle se faufile enfin vers la gauche, jusqu'à sa chambre, lance un coup d'œil au crucifix accroché à la droite du lit où gît celui qui va mourir.

Elle vient le prendre par la main pour s'en aller doucement, l'air de rien. Elle pénètre dans ses veines, l'embrasse pour ne plus desserrer son étreinte. Ils s'endorment, tous les deux enlacés. Comme dans la chanson du *Tourbillon de la vie*, ils se sont vus, perdus de vue, ils se sont retrouvés pour ne jamais se quitter. Sauf qu'il ne s'agit plus de vivre ni d'aimer. Yves a vu *Jules et Jim*, pour lui c'est l'histoire de deux hommes qui s'aiment et qui se servent d'une femme pour vivre cet amour. Jeanne Moreau ? Il l'a habillée mais il ne veut plus en entendre parler. Ça l'ennuie les femmes laides ou les ex-belles, défaites à force de négligences. Pire, ça le dégoûte.

Yves est de ceux qui imaginent des au-delà distincts, un pour les anonymes et un autre pour VIP. Il y croiserait Jeanne, radieuse comme dans un film de François Truffaut ; Marguerite D., dans sa peau de jeune maîtresse de l'amant de la Chine du Nord ; Françoise S., celle d'avant la sortie de route de l'Aston Martin, celle d'avant l'héroïne et la cocaïne ; Talitha telle qu'elle, *gipsy chic for ever* ; Maria C., sa voix retrouvée, qui chanterait rien que pour eux, et Rudy, celui d'avant le sida, dans son collant moulant de danseur étoile… Vu sous cet angle, mourir est envisageable.

C'est l'heure, il est presque minuit. L'air est saturé des effluves du printemps qui meurt aussi. Les fenêtres sont ouvertes sur la nuit de juin, il paraît qu'il ne faut pas les laisser fermées pour que les âmes s'envolent.

Lion d'août, Yves est né sous le signe du soleil, dans l'odeur des champs de blé brûlés par l'été. Le jaune sera la couleur de son drap funéraire : astre de faille brodé d'épis, étalé sur le cercueil en chêne. Lions, blés, soleils sous toutes les formes, objets-talismans dont il s'est toujours entouré sans qu'ils lui portent bonheur. Yves est superstitieux. Hormis ses grigris, il allume des cierges dès qu'il passe devant une chapelle. Un cierge pour sa grand-mère maternelle, Marianne. Un pour le chien du moment. Un autre pour conjurer le sort. « Et moi ? » demande Pierre Bergé. Un dernier pour Pierre qui ne croit en rien.

À l'adolescence, Yves brûlait déjà des cierges en priant : « Mon Dieu, faites que je devienne normal. » Il ne supportait pas ses penchants homosexuels, déchiré entre pulsions et désir de coller à la morale intolérante d'une époque qui n'en finit pas de s'éteindre. C'était en 1957, avant de rencontrer Pierre Bergé, étonnamment libre dans le carcan des années 1950. Le sexe était ce qu'Yves et Pierre partageaient de mieux, le fondement de leur relation. Ils ont assumé de vivre ensemble malgré la condamnation d'une société puritaine. Le couple qu'ils ont formé a été un phare dans la nuit des homos.

Questionnaire de Proust :
– Comment aimeriez-vous mourir ?
– Brusquement.

Raté. On meurt rarement comme on le voudrait, à moins de s'en charger. Encore plus rarement à la hauteur de ce qu'a été sa vie, à la hauteur de l'amour qu'on a reçu et donné – ou pas. Mais peut-on seulement mourir quand on est devenu immortel ? Dans sa lointaine étymologie akkadienne, Babylone signifie la porte des dieux, ceux qui ne meurent jamais. Comme tous les autres, Lucienne, la mère, Charles, le père, Brigitte et Michèle, les sœurs, il va être incinéré. Ne pas laisser trace du réel pour que seule demeure la légende.

Yves s'est endormi avec sa dernière sœur, Morphine. Tranquillement. Loin de ses tentatives de suicide liées à son état maniaco-dépressif. Un jour, il a voulu se défenestrer. C'était à New York, dans l'immeuble de l'hôtel Pierre. Une autre fois, il s'est jeté sous les roues d'un car de police, le conducteur l'a évité d'un coup de volant. Et toutes celles qu'on ignore. C'est l'histoire d'un désir de mort qui l'habita sa vie durant, avec, par intermittence, quelques fulgurances de bonheur, le premier engagement chez Dior, l'amour des débuts avec Pierre, les parenthèses créatives à Marrakech et les applaudissements quand il venait saluer à la fin des collections, drogue douce dont il a été douloureusement sevré.

Ils défilent dans la chambre du mort, davantage par allégeance à Pierre que pour Yves qui ne voyait plus personne. Catherine Deneuve arrive rue de Babylone. Elle s'allonge sur le lit, à côté du défunt, comme s'ils formaient un couple. Étrange attitude pour deux êtres qui se respectaient sans avoir jamais franchi le seuil de l'intimité. Qui se couche près d'un corps sans vie qui n'est pas celui de l'être aimé ?

En 1922, Jean Cocteau demande à Man Ray de venir photographier Marcel Proust sur son lit de mort, rue Hamelin, l'avant-veille de son enterrement au Père-Lachaise. Un ami de Pierre photographie Yves. Sans ses lunettes en écaille, ce n'est plus vraiment lui. Pas seulement à cause de leur absence. De subtiles modifications éloignent le visage d'un homme qui dort de celui d'un cadavre.

Jusqu'au bout Yves a ignoré qu'il allait mourir.

L'Hôpital américain est un lieu familier, installé entre deux avenues bordées d'arbres, à Neuilly-sur-Seine.

« L'américain » – l'abréviation lui ôte sa connotation médicale – a de faux airs d'hôtel pour curistes fortunés. Yves y a séjourné régulièrement pour récupérer de ses excès. C'était plus drôle d'y aller à deux, avec Betty Catroux, sa complice des mauvais coups pendant les vingt années qu'ont duré leurs mondanités nocturnes. Il l'a renommée « Pulu », comme les poils soyeux des fougères arborescentes. Longilignes et androgynes, ils se ressemblent ; Narcisse se noie dans son double.

Dès qu'ils émergent de leur torpeur, Yves lui fait porter un mot par un infirmier : « Lave-toi les cheveux ! » En toutes circonstances, il reste intransigeant sur les apparences, même dans un hôpital. Ils recommencent alors leurs gamineries dans les couloirs de la clinique chic et chère de la banlieue ouest. Yves est à quatre pattes, Betty le chevauche. Ils sont quasi nus, mais les cheveux propres. Ils rient comme des mômes. Des mômes qui auraient besoin de se défoncer.

À peine sortis de cure, ils s'appellent le soir : « Tout va mal, je n'en peux plus, la vie est atroce. » Betty de surenchérir : « Comme tu as raison, allons perdre la tête pour oublier ce cauchemar ! » Et les voilà repartis de plus belle dans leurs pérégrinations crépusculaires, en quête d'un oubli dont ils ignorent l'objet.

Et puis arrive ce jour d'avril 2007, où un professeur de « l'américain », en blouse blanche, pose le diagnostic du cancer. Pierre Bergé est seul avec l'oncologue, il lui apprend qu'il y a peu d'espoir mais qu'on peut tenter un traitement pour le glioblastome qui attaque le cerveau d'Yves. Pierre : « Et sans traitement ? – Neuf mois, un an peut-être. » Le médecin ajoute qu'il faudra s'arranger avec la douleur quand elle apparaîtra : « Avec un encadrement palliatif, il pourra rester chez lui jusqu'au bout. » Attente horizontale et misérable pour atteindre ce « bout » – là.

Certain qu'Yves ne pourra pas le supporter, Pierre renonce à lui avouer que ses jours sont comptés. Il renonce aussi à tenter de le guérir, ou du moins à rallonger sa vie de quelques semaines ou de quelques mois. Que sait-on des désirs d'un homme au bord de la mort ? Rien. Yves aurait pu vouloir jeter les mots qu'il ne souhaitait pas emporter avec lui, s'alléger de toutes ces choses qu'il n'a pas dites et qui l'encombrent plus que la tumeur. Solder des comptes familiaux aussi, avec sa mère et ses sœurs. Pierre l'a condamné à l'inachevé, à l'instar de ceux qui meurent par accident.

Yves n'a pas posé de questions, se contentant de l'explication évasive que Pierre lui a donnée : « Ce sont les séquelles de tes chutes. » C'était à Tanger, dans l'escalier en pierre de la dernière villa qu'ils ont acquise ensemble. Chute après chute, corps qu'on ne maîtrise plus, corps qui s'épuise, se casse, corps ébréché et mutilé. C'est pourtant le cœur qui s'est brisé en premier, quelque part dans le lointain paysage de l'enfance. Comment le petit garçon blond aux grands yeux clairs souriant dans les bras de sa mère, Lucienne, est-il devenu cet homme qui flirte avec l'obésité ? Rictus concave, traits affaissés et bouffis. Beauté enfuie. Bonheur dérobé à l'aube de la vie. Promesses non tenues. Yves est mort d'amour.

II

Yves détestait les dimanches. Il est mort ce jour de la semaine. Le lendemain, son image occupe les unes de la presse. La couverture de *Libération* affiche le portrait en noir et blanc du couturier qui épie son défilé par l'entrebâillement d'une porte. Pour seule légende, une épitaphe : « YSL 1936-2008 ». L'homme est devenu un acronyme. Yves a consenti à cette perte de filiation. Il l'a encouragée, car c'était une façon de se réinventer.

Un mort célèbre, ça ne s'enterre pas n'importe comment.

Pas de temps pour le chagrin, Pierre Bergé verrait plus tard. Avenue Marceau, dans son bureau qui occupe l'angle du premier étage, dans l'hôtel particulier Napoléon III, il s'active comme pour organiser un défilé. Liste des invités, placement, fleurs, musique…, Pierre veut tout contrôler. Les funérailles auront lieu le jeudi 5 juin. Trois jours pour les organiser, c'est une gageure, mais c'est la seule date où le président de la République pourra être présent. L'agenda des vivants l'emporte sur celui des morts.

La confusion règne entre les préparatifs à l'église Saint-Roch, rue Saint-Honoré, et l'effervescence au sein de la maison de couture. D'un côté, l'écran géant que l'on installe sur le parvis, les essais sonores avec la voix de Maria Callas dans la nef vide, le briefing du service de sécurité, et de l'autre, le bureau de presse YSL, débordé par l'annonce du décès.

Collé sur le mur, un *sitting-plan* composé de Post-it jaunes représente les huit cents places. On y lit les noms des couturiers et des créateurs de mode en vogue. Sauf celui de Karl Lagerfeld. Le standard est assailli de coups de fil d'abord plaintifs puis exigeants, voire menaçants. Tous ont des caprices de diva.

L'assistant de Valentino : « Impossible de l'asseoir au même rang que les créateurs, il exige d'être placé devant eux sinon il ne viendra pas. »

Un abbé intégriste : « Cet homme était un homosexuel notoire. C'est une cérémonie sacrilège, la caste dominante étale ses vices avec la complicité du clergé ! C'est une honte ! »

Un stagiaire de la presse s'inquiète : « Et la famille ? – Oh, la famille, pffff... Mme Saint Laurent doit être près de M. Bergé. Au premier rang. – Et les autres ? – Derrière ! »

Chez les Mathieu-Saint-Laurent, les liens se nouent à force de haine ou d'adoration, de mensonges et surtout de silences. Tous, accablés par les secrets. Impossible de penser Yves dans son contexte familial sans formuler la question du ressentiment. En les observant sur la scène de leur théâtre domestique, chacun pourrait interpréter un rôle dans une pièce de Strindberg. À travers les relations d'un couple ou d'une fratrie, le dramaturge décrit l'instant de bascule où l'amour est remplacé par son inévitable envers, cette haine qu'il nomme « la doublure de la robe ». Les plaques tectoniques de l'hostilité familiale percutent les générations. Elles annoncent l'effondrement que produit l'irruption de la violence dans l'intime.

Le jeudi 5 juin 2008, le soleil inonde la ville. La mort paraît inconvenante dans la lumière crue des jours étirés de la fin du printemps. Le parvis de l'église Saint-Roch est bondé. L'écran géant diffuse une rétrospective des défilés avant le début de la cérémonie.

À quatorze heures, les *people* montent les marches sous le regard de centaines de badauds. « People », à lui seul le mot révèle le grotesque qui colle aux semelles des notoriétés contemporaines. Sur les huit cents invités, combien d'intimes ? Pour la plupart, Yves ne les a pas connus.

Les appareils photo crépitent. Le cercueil arrive. Sur le parvis, la foule applaudit. Dans la nef, après un moment d'hésitation, les invités suivent le mouvement. Longue *standing ovation*. Pierre Bergé, le veuf, entre le dernier. Seul. Même Lucienne Mathieu-Saint-Laurent, la mère qui enterre son fils, est priée de s'installer en catimini.

Le placement est organisé comme pour un défilé : les stars au premier rang, les derniers de cordée debout, à l'arrière, petites mains et premières d'atelier, travailleurs de l'ombre essentiels mais ignorés en ce jour. Les invités s'épient, fouillent l'assistance pour vérifier qui est présent, qui ne l'est pas. Fantômes à paillettes perdus au milieu des mensonges, ils ne sont pas là pour se recueillir. À l'abri de leurs lunettes noires, ils serrent des mains, distribuent accolades ou embrassades, occupant ainsi leur rang dans la parade collective de l'affliction. Chacun y va de son anecdote, vraie ou fausse. Il y a quelque chose des obsèques de Lawrence d'Arabie. David Lean n'est pas ici pour filmer, Saint-Roch est moins grandiose que la cathédrale Saint-Paul. Au début du film, un journaliste interroge les invités lors de la cérémonie : « Voudriez-vous dire quelque chose sur le colonel Lawrence ? » Ceux qui l'ont bien connu s'abstiennent, les autres s'épanchent, hagiographes de pacotille et contempteurs *mezza voce*.

Yves avait aimé ce film épique. Il l'a vu tardivement, dans sa version non expurgée. Il a été excité par le beau Peter O'Toole, quand le grand blond dégingandé aux yeux trop bleus se fait violer par des soldats turcs qui l'ont capturé. Il a envié l'assurance de l'officier britannique qui ose s'afficher avec ses « boys », deux jeunes Bédouins avec lesquels il couche.

L'allée centrale qui mène à l'autel est devenue *catwalk*. On y voit défiler des gens de la mode et de la politique, des actrices, des milliardaires et quelques beautés. Date de péremption dépassée pour certain·es, penserait Yves. On aperçoit une présentatrice de journaux télévisés derrière Pierre Bergé et des personnages de téléréalité. Disparu l'esprit Guermantes qui les a tant fait rêver. Désormais, l'ambiance appartient aux Verdurin du XXIe siècle. À la fin du *Temps retrouvé*, après une vie de mondanités éprouvantes, Sidonie Verdurin accède enfin au rang de princesse de Guermantes. Elle avait les moyens financiers de son ambition.

Il y a les fidèles depuis toujours, selon la signification qu'on donne à ce toujours. Un toujours avec des hauts et des bas. Garde rapprochée, qu'elle l'admette ou non, n'existant que dans l'aura du mort et de son bon vouloir. Tous fauchés mais avec des goûts de luxe. Orgueil et vanité des membres de ce club très privé, hier auréolés de leur beauté et de leur jeunesse arrogante, désormais rongés par une rancœur diffuse.

Il y a Louise de La Falaise, dite Loulou. Élégante et insolente, mi-anglaise, mi-française, sa classe d'aristocrate a fait pendant plus de trente ans l'envie et la fascination d'Yves. Ils se voyaient chaque jour, ils travaillaient ensemble. En cet après-midi particulier, sobrement vêtue et dépouillée de ses innombrables bracelets, elle ressemble à un fragile oiseau noir.

Il y a Betty Catroux, pâle et fantomatique, la sœur qu'il s'est choisie pour jouer aux enfants capricieux. Car c'est Yves qui choisit, jamais l'autre. Chevelure platine et lunettes noires. Maigre, comme Loulou. Yves détestait les grosses.

Il y a Clara Saint. Cette héritière se pâmait jadis pour Noureev qu'elle arracha aux griffes du KGB. D'abord la cliente puis l'amie d'Yves et de Pierre, elle est devenue l'attachée de presse du prêt-à-porter Saint Laurent Rive Gauche pour ne pas finir ruinée à cause d'une mère ludopathe. Petite rousse aux yeux verts, impeccablement chic et totalement mondaine, elle leur a servi de caution pour leur entrée dans la *café society* du début des années 1960.

Il y a Anne-Marie Munoz, la directrice du studio, qui accompagne Yves depuis leurs débuts communs chez Dior, cheveux aile de corbeau et bouche vermillon. Le visage figé par la tristesse et par son Parkinson qui l'entame chaque jour davantage, elle vient de perdre son enfant le plus difficile et le plus doué.

Ces quatre-là étaient les amies d'Yves.

Questionnaire de Proust :

– Quel est le comble du malheur ?

– La solitude.

Sa voix résonne dans la nef, juvénile et déjà désabusée. Un article paru dans *L'Express* une semaine après son triomphe chez Dior, l'hiver 1957, commence ainsi : « Paris avait deux enfants tristes : Françoise Sagan et Bernard Buffet. Ils ont maintenant un petit frère : Yves Mathieu-Saint-Laurent, né à Oran, il y a vingt et un ans… »

Oracle fatal pour trois artistes à l'ascension fulgurante, étreints d'une angoisse qui finira par les tuer. Buffet est le seul à avoir réussi son suicide, il s'est étouffé dans un sac en plastique noir sur lequel il avait inscrit son nom.

L'église regorge de lys Casablanca. Ambiguë et sophistiquée, c'est la fleur préférée d'Yves et l'anagramme de son sigle, à la fois symbole de la pureté de la Vierge Marie, ornement des princes de sang ou marque infamante sur l'épaule des prostituées. Yves n'a jamais aimé les fleurs que l'on cueille en se promenant, au bord des champs. L'odeur est suffocante.

On entend *Les Vieux Amants*, de Jacques Brel. L'assemblée sort ses mouchoirs et communie avec Yves, le temps d'une oraison funèbre. Pierre Bergé, au micro, parle pour la légende : « Comme le matin de Paris était jeune et beau quand nous nous sommes rencontrés. Tu menais ton premier combat. Ce jour-là tu as rencontré la gloire. Et depuis, elle et toi ne vous êtes plus quittés. Comment aurais-je pu imaginer que cinquante années plus tard nous en serions là, face à face, et que je m'adresserais à toi pour un dernier adieu ? [...] Bientôt, tes cendres rejoindront la sépulture qui t'attend, au jardin Majorelle de Marrakech. [...] Comment ne pas se souvenir ?... »

Si l'un des invités avait levé les yeux, il aurait cru voir Yves, rendu à sa jeunesse, Ignudo échappé du plafond de la chapelle Sixtine, venu contempler cette foule qui s'est déplacée pour lui. Même dans la mort, le besoin de consolation demeure.

Marrakech comme programme d'éternité ? Cela convient à Yves. Il l'a écrit dans son cahier : « C'est ici que je voudrais vivre un mois, deux mois, trois mois, en tout cas sans date de retour vers Paris. Les jours s'écouleraient... Je dessinerais enfin, je ne penserais plus à rien, je crois que je serais heureux. J'écris heureux en bleu parce que le bleu est la couleur du bonheur, la couleur du ciel de Marrakech. Un bleu indéfinissable. Bleu comme les yeux de maman. J'ai ouvert les yeux sur du bleu. Sur un regard bleu, sur un ciel d'azur. »

Les yeux bleus de maman.

Au premier rang, assise à côté de Pierre Bergé, Lucienne, la mère d'Yves Saint Laurent, est juchée sur des talons pour compenser sa petite taille. Elle porte un tailleur noir haute couture ceint d'une longue écharpe de soie, blanche comme un suaire. Drame de la mère qui survit au fils, Pietà de luxe, rouge sur ses lèvres comme deux limaces écrasées à force de liftings. Droite et la tête haute, la coiffure est impeccable. Ses yeux bleu clair sont deux fontaines secrètes au creux d'un paysage minéral. Son regard est sans larmes, mais il donne envie de pleurer. Pour la dernière fois, elle tient le rôle de sa vie.

Lucienne revient de loin. Les chagrins de sa jeunesse lui ont façonné un cœur de pierre qui ne bat que pour le prestige du fils et pour ses chiens, des pékinois, parfaitement toilettés. Dans cette famille, les animaux ont toujours été plus choyés que les enfants. L'agrégation de souvenirs artificiels a fixé la légende. Aux yeux du public, Yves était l'enfant roi, le fils adoré par sa mère. Tout le monde a cru à ce récit nourri par Lucienne. À Oran, quand elle « croisait » l'un de ses enfants, elle ne le nommait pas d'après son prénom. C'était, indifféremment, « ma crotte ». Yves n'était qu'un petit étron de plus, réduit à l'insignifiance à l'égal de ses sœurs. La mère n'a levé les yeux sur le fils que lorsqu'il est devenu célèbre.

III

En 1920, au sud d'Oran, dans la campagne algérienne, une petite fille blonde aux yeux bleus joue sur le sol en terre battue d'une cour de ferme, assise à l'ombre d'un mur. Elle a six ans. Concentrée, elle tente de nouer un ruban dans les cheveux clairsemés d'une poupée sale.

Soudain, des cris en arabe font sursauter l'enfant qui se lève et court vers la maison. Figée sur le pas de la porte, elle perçoit l'affolement des adultes autour d'une forme étendue sur le sol, qu'elle n'ose regarder. Quelqu'un crie un ordre à un petit garçon du même âge qu'elle : « Driss, va chercher le médecin, cours, mon garçon, cours ! » La petite Lulu – c'est son surnom – s'avance vers le corps inanimé qu'elle reconnaît : « Maman Marguerite ! Maman Marguerite ! Maman ! Réveille-toi, maman… »

Lucienne a beau la secouer, la femme reste inerte. Les adultes tentent de l'éloigner mais l'enfant se débat en hurlant et en sanglotant, accrochée au corps sans vie. C'est le premier chagrin conscient de la petite Lulu : sa maman Marguerite est morte avant l'arrivée du docteur.

Une semaine plus tard, un transporteur charge des caisses de fruits sur un vieux camion. Le régisseur de la ferme, le veuf de Marguerite, lui donne un papier plié sur lequel on peut lire un nom et une adresse écrits maladroitement.

Arrivé à la ville de Saïda, le camion stoppe devant une maison bourgeoise. Le conducteur sonne à la porte de service. Une fatma – c'est ainsi que les Blancs nomment leurs bonnes arabes – ouvre, il lui remet le message : « Donne ça à Mme Müller. *Fissa !* »

Dans la salle à manger, ils sont cinq assis autour de la table. Une famille sur trois générations. Le père, en tenue d'intérieur confortable, est un homme banal, empâté. La mère conserve les vestiges d'une beauté simple, elle est plus jeune que lui. Deux petites filles de trois et quatre ans, sans grâce mais très apprêtées, avalent leur soupe sous les yeux d'une femme âgée au physique sévère. C'est leur grand-mère, Mme Müller.

Chargée d'un plateau, la fatma commence à débarrasser les assiettes creuses. Elle glisse discrètement le mot à l'aïeule, mais son geste n'échappe à personne. Marie Müller déplie la feuille, elle blêmit. D'une voix atone qui ne souffre aucune contradiction, elle annonce : « Il faut aller chercher la petite. »

Coiffée d'un chignon blanc, elle porte la robe noire des veuves. Le portrait du défunt trône sur le buffet. André Müller était un légionnaire d'origine alsacienne, décoré pour faits d'armes. Elle vit désormais à Saïda, chez l'une de ses filles.

Marie Müller a vécu une enfance indigente. Dans le sud de l'Espagne dévasté par le marasme économique, sa mère et ses jeunes frères sont morts de faim. Dans l'espoir de survivre, le père et sa petite fille de six ans ont parcouru seuls le long périple du nord vers le sud. Dans la nuit effrayante, l'homme lui chante les comptines dont sa mère la berçait : « *Caracol, col, col...* »

En Algérie, elle n'est que Maria, fille d'un *caracoles*, surnom donné aux migrants espagnols qui, tels des escargots de la misère, arrivent à pied avec un baluchon sur le dos. Ils échouent à Sidi Bel Abbes, une ville de garnison, au sud d'Oran. La jeune colonie a besoin de bras, le père gagne à peine de quoi nourrir sa fille. Il est analphabète mais voudrait un autre destin pour elle. L'enfant est prise en main par l'église qui lui dispense les rudiments scolaires et une solide éducation religieuse.

Très jeune encore, Maria épouse l'un des soldats de la caserne, beaucoup plus âgé qu'elle. Elle devient française et élude son prénom. L'époux meurt peu après la naissance de leurs deux filles, Renée et Marianne, qu'elle élève seule.

Avec sa maigre pension, Marie Müller appartient à la catégorie des « petits Blancs ». Ces catholiques à la limite de la pauvreté incarnent une société coloniale déclassée, à peine mieux considérée que les Arabes et les Juifs. La décoration posthume de leur père vaut aux deux sœurs d'être envoyées au pensionnat des orphelines de la Légion d'honneur. Vingt ans plus tard, l'aînée, Renée, vient de se marier à un banquier de Saïda chez qui elle a été placée comme gouvernante. Une union providentielle due à la beauté et à l'éducation de la jeune fille.

Grâce à l'entregent de ce gendre inespéré, Mme Müller a trouvé aussi pour Marianne, la cadette, un époux au-dessus de sa condition sociale, un ingénieur. Comme le veut l'usage, la mère s'est installée chez eux.

Après le déjeuner, dans le huis clos de la chambre des parents, Marianne et son mari se retrouvent pour la sieste. Terrifiée, elle subit la colère de l'homme qui fait les cent pas dans la pièce tandis qu'elle pleure en silence, assise sur le lit. La veste d'intérieur débraillée révèle un ventre pansu pendant qu'il s'égosille en gesticulant : « J'avais pourtant bien dit à ta mère que je ne voulais jamais voir ta bâtarde ! C'était la condition de notre mariage. Je t'ai sauvée du déshonneur en la reconnaissant comme ma fille, espèce de traînée ! Sans moi, tu serais dans le caniveau ou même pire, dans un bordel ! Pas question qu'elle franchisse le seuil de ma maison, débrouillez-vous pour lui trouver une autre nourrice ! »

Dans la cour de la ferme, trois adultes et deux enfants attendent. Lucienne serre sa poupée contre son cœur, Driss porte la valise de sa camarade de jeux. Deux femmes indigènes et un homme blanc regardent l'automobile s'approcher dans un nuage de terre rouge. Un chauffeur sort pour ouvrir la portière à une femme âgée. Droite et sévère, toute de noir vêtue comme à l'accoutumée, Marie Müller se dirige vers Lucienne sans un regard pour les autres.

« Bonjour, Lucienne, je suis ta grand-mère. Maintenant que Marguerite est montée au ciel, tu vas venir avec moi pour retrouver ta famille dans une jolie maison. » Lucienne ne bouge pas. Mme Müller insiste : « Tu as peur de monter dans l'automobile ? Ne sois pas sotte, tu as beaucoup de chance. » Elle s'empare fermement de sa petite main et traîne l'enfant effrayée vers la voiture. Mme Müller se glisse à côté de Lucienne sur la banquette arrière. S'avisant de la présence de la poupée crasseuse, elle s'exclame : « Mais quelle chose dégoûtante ! » Elle la lui arrache des mains et la jette sur le sol. L'automobile démarre. À travers la vitre arrière, le visage en larmes, elle hurle le prénom du garçon.

C'est le deuxième grand chagrin de Lucienne : la perte de son seul véritable ami. En l'espace d'une semaine, elle vient de quitter l'enfance, la joie et l'innocence. À six ans, elle rejoint une famille inconnue qui pourtant est la sienne.

Marquée par l'abandon, Lucienne donnera naissance à des êtres inconsolables. Yves en 1936, puis ses deux sœurs, Michèle en 1942 et Brigitte en 1945. En refusant de raconter son histoire, elle fonde par le silence le socle friable d'une famille dysfonctionnelle. L'ellipse est devenue tragédie pour sa descendance. Liens effacés mais écrits à l'encre sympathique dans ce livre des morts où sont relatés les effrois généalogiques qui suintent d'une âme à l'autre. De la blessure d'amour primaire est né le conflit qui rend tout amour impossible.

Lucienne a vingt-deux ans quand naît son fils, elle en a quatre-vingt-quatorze quand elle se tient raide, impassible devant le cercueil, ses yeux bleus plongés dans l'abîme des souvenirs d'enfance.

La messe est terminée. Le cercueil est installé sur le parvis, recouvert du drapeau français. Yves a été fait grand officier de la Légion d'honneur, moins d'un an avant son décès. Il était déjà trop faible, le président s'est déplacé rue de Babylone. La croix est posée sur la bannière bleu blanc rouge, gravée de sa devise : « Honneur et patrie ». Ces hommages posthumes ne sont certainement pas rendus au conscrit réfractaire de 1956, classé réformé définitif n° 2 en novembre 1960, mais au couturier qui a fait rayonner la France tout en faisant fortune malgré la maladie invalidante qui l'a fait exempter.

L'église est à deux pas dc l'École de la chambre syndicale de la couture, rue Saint-Roch, où Yves a fait sa rentrée scolaire, en septembre 1954. Il a dix-huit ans, il débarque d'Oran, seul pour la première fois. Les Chordettes chantent « *Mr Sandman, I'm so alone* [...] *Mr Sandman, bring me a dream...* ». Des rêves, Yves en a déjà plein la tête mais l'isolement lui coupe les jambes. Paris est un exil définitif. Il se lie peu avec les autres élèves. Deux d'entre eux retiennent son attention : Fernando Sanchez et Karl Lagerfeld. Ce sont les prémices d'une amitié qui va durer vingt ans, basée sur le partage d'un sentiment initial de rejet.

Karl à Yves : « Toi, avec ton accent pied-noir et moi avec mon accent allemand, on est faits pour s'entendre : les Français nous détestent ! » Contrairement au débit saccadé de Karl, Yves parle doucement et lentement. Il tente de voiler ses intonations d'Afrique du Nord et ce cheveu sur la langue, à peine perceptible. Les autres pensent à tort qu'il s'agit de timidité. Quant à Fernando, le Belgo-Espagnol, homosexuel lui aussi et handicapé par les séquelles de la poliomyélite, il restera toute sa vie leur ami. Le goût précoce d'Yves pour les jeunes Arabes de la casbah d'Oran, celui de Fernando pour les marins du port d'Anvers et la sexualité par procuration de Karl tissent une alliance implicite entre les trois exilés frappés d'anathème.

Fernando n'est pas venu à la messe de Saint-Roch, il est mort juste avant Yves. Quant à Karl, il n'a pas été invité.

IV

Yves est mort quand il n'a plus été capable de créer.

Au début de l'année 2001, il quitte l'appartement de la rue de Babylone avec son chauffeur, le dos voûté, mutique. Il arrive au 5, avenue Marceau. On le salue avec déférence : « Bonjour, monsieur Saint Laurent. » Il évite le grand escalier, même pour gravir un seul étage. Il prend l'ascenseur, marche quelques pas jusqu'à son bureau, s'assoit lourdement et allume une cigarette. Il ôte son veston, enfile sa blouse blanche. C'est son uniforme, une habitude prise depuis ses débuts chez Dior.

Il passe au studio, toujours suivi de son chien, Moujik. Les animaux trépassent, Moujik demeure. Même race, même nom, seul le numéro change, aussi facilement remplaçable qu'un paysan russe du XIXe siècle. Il est arrivé qu'Yves ne se rende pas compte que l'un d'entre eux était mort, car aussitôt renouvelé. L'une de ses bêtes a crevé après avoir ingurgité les pilules de défonce qu'il avait laissées traîner.

Avant les bouledogues français, il y eut l'engouement pour les chihuahuas, tous prénommés Hazel.

C'est au studio qu'il se sent le mieux, derrière une simple planche posée sur deux tréteaux. Tout est immaculé : murs, moquette, étagères et rideaux blancs. Seules touches de couleur : les rouleaux d'étoffe rangés à la verticale et que l'on déroule le moment venu. Il choisit un des crayons noirs dans le pot où ils sont prêts, taillés à la perfection chaque matin avant son arrivée. Yves le tient en apesanteur au-dessus d'une feuille blanche. Puis la main retombe, la mine appuyée sur le papier laisse une trace. Il tente une esquisse. Raté. Il la froisse et la jette dans la corbeille. Il recommence, mais rien ne vient. Trop de drogues, puis trop de médicaments, pour travailler ou pour dormir. L'oppressant devoir de réussite a vidé Yves.

À ses débuts, il était un bourreau de travail. Désormais, la couture est un pensum, une terrible obligation qui le met face à la réalité de son épuisement. Terminé le recours aux paradis artificiels depuis sa dernière cure. Les livres d'art et Marrakech ne l'inspirent plus. Sans ressources pour lutter contre le désenchantement qui l'accable, l'inspiration s'est tarie. Heureusement, Anne-Marie Munoz, l'amie fidèle, la collaboratrice qui dirige le studio depuis les débuts, est là pour tout prendre en charge et faire en sorte que la défection d'Yves passe inaperçue avec la complicité des proches. Sa connaissance intime et profonde de la mode Saint Laurent lui permet de reprendre les rênes pour compenser la stérilité du couturier et devenir son *ghost-writer*.

Personne ne doit savoir, il faut que perdure le mythe du grand créateur avant toutes choses. Pierre Bergé a vendu la marque Saint Laurent mais il a préservé la couture. C'est l'alibi pour qu'Yves ne s'effondre pas complètement, pour qu'il s'impose de faire ce trajet quotidien entre Babylone et Marceau. Pour rester vivant malgré tout.

Les défilés ne sont plus que des répétitions qui traînent en longueur. Les tailleurs sont parfaits mais on y bâille d'ennui. Le public ne s'éveille qu'à la fin, quand le dieu de la mode s'avance sur le podium. Applaudissements sans réserve pour celui qu'ils attendaient ; s'ils pouvaient, ils se prosterneraient.

À l'automne 2001, Anne-Marie entre dans le bureau de Pierre Bergé : « Je ne peux pas continuer. » Le Parkinson qui la ronge depuis un certain temps ne lui permet plus d'être à la hauteur de sa tâche. Elle doit se retirer. Sans elle, l'équilibre fragile du studio ne tient pas. Pierre sait ce que ça signifie : l'arrêt de mort de la couture. Ensemble, ils programment le dernier défilé pour janvier 2002. Pierre tranche : « Ce sera une rétrospective. Je veux un lieu prestigieux. Un musée. Puisqu'on n'a plus le choix, ça va être grandiose ! »

L'ultime conférence de presse est une scène pathétique. Le 7 janvier 2002, dans les salons de l'avenue Marceau, bourré de tranquillisants, Yves lit ses feuillets avec difficulté devant les journalistes : « Tout homme a besoin de fantômes esthétiques. Je les ai poursuivis, cherchés, traqués. Je suis passé par bien des angoisses, bien des enfers. J'ai connu la peur et la terrible solitude. La prison de la dépression et celle des maisons de santé. De tout cela je suis sorti un jour, ébloui, mais dégrisé. Marcel Proust m'a appris que la magnifique et lamentable famille des nerveux est le sel de la terre. […] Je ne vous oublierai pas. »

Fantômes et enfers : Yves est plus à l'aise avec les morts qu'avec les vivants, plus proche d'Orphée que de Proust. Se prend-il pour le poète, homme d'une seule femme ? Quand Eurydice meurt une seconde fois, Orphée vire homo, séduit les maris, avant de finir déchiqueté par les épouses délaissées. Semblable combat les unit contre la mort, l'un par la force de l'amour, l'autre par la puissance de la gloire. Mais les dieux ont appris à Orphée que le temps est irréversible.

L'estocade est portée le 22 janvier 2002. Dans l'atrium du centre Georges-Pompidou, deux mille personnes sont venues assister à son enterrement de couturier.

La présentation débute à l'ancienne, quand les défilés se faisaient encore en silence et qu'une voix off indiquait les numéros de passage en français, puis en anglais pour les clientes américaines. On reconnaît le timbre singulier de Catherine Deneuve : « *nineteen sixty two* ». Un mannequin porte le caban de marin sur pantalon blanc qui marqua l'ouverture de la première maison de couture, rue Spontini, en janvier 1962.

Iconiques, les robes « Mondrian » apparaissent ensuite sur le podium. La collection de 1965 est enfin un triomphe. Ce modèle sauve la jeune maison de couture et la réputation du créateur que l'on commençait à trouver ennuyeux face à la fraîcheur novatrice de Courrèges ou de Cardin. C'est grâce à Lucienne. Elle adore prendre le thé chez Angelina, sous les arcades de la rue de Rivoli. Elle y a sa table préférée où elle trône, accompagnée de son chien et parée comme une châsse. Un après-midi, dans la vitrine voisine de la librairie Galignani, elle aperçoit un beau jeune homme qui arrange un livre d'art à la couverture géométrique et multicolore. Elle l'observe quelques instants, fait mine de s'intéresser à l'ouvrage. Lucienne entre dans la boutique et l'aborde à propos du livre dont elle se fiche : « C'est une monographie du peintre Piet Mondrian, par Michel Seuphor. » Elle ignore tout de cet artiste, elle dévisage sans équivoque le vendeur et achète le recueil en précisant que c'est un cadeau pour son fils, le couturier Yves Saint Laurent. Lucienne s'enquiert d'une livraison à domicile : « Chez votre fils, madame ? » Lulu lève les yeux au ciel, regrettant en silence l'assurance virile des hommes des colonies qu'elle séduisait d'un regard, avant de quitter la librairie, l'air méprisant et le livre sous le bras, sans un mot pour ce vendeur si peu empressé. Elle l'offre à son fils, pour le Noël 1964. Dès qu'il feuillette l'ouvrage, Yves a l'idée géniale d'appliquer la géométrie abstraite et les couleurs primaires de Mondrian sur des robes en jersey.

Dans la nef de Beaubourg, les époques défilent. Revêtues des modèles de la collection « Quarante », les mannequins captivent les regards. Aujourd'hui, le public applaudit ; à l'époque, c'est un scandale. La presse de 1971 parle de « collaboration horizontale ». Le spectre de l'Occupation, encore tabou, hante toujours les mémoires. Les journalistes refusent l'hommage qu'Yves rend aux femmes tondues de la Libération, ces Françaises qui ont couché avec les Allemands, des coquettes, des amoureuses ou des affamées que l'on a « découronnées, défigurées ». Il condamne ainsi, avec ses moyens de couturier, le ressentiment haineux des juges-bourreaux, actifs ou passifs, qui ont permis que cela ait eu lieu. En 1940, Yves a six ans et n'a d'yeux que pour Lucienne qui ne le regarde pas. Elle en a vingt-six et ressemble à ces femmes provocantes qui défilent trente ans plus tard. Lucienne-la-coquette qui n'aimait que danser, boire et coucher. Lucienne-la-mère, source d'inspiration du fils. En métropole, on lui aurait rasé la tête.

Dans le gigantesque décor du musée, les robes du soir inspirées des ballets russes dégueulent leur opulence sur l'air de la *Traviata*. En 1976, les présentations quittent les salons étriqués des maisons de couture et, soudain, la musique inonde la mode. Cette fois, nul ne s'offusque malgré les

Trente Glorieuses qui s'achèvent sur fond de crise pétrolière. Tout s'effondre tandis que zibeline et broderies paradent pour faire rêver celles qui ne les porteront jamais.

Suivent les modèles inspirés des peintres. Dès l'appropriation fructueuse de Mondrian, c'est devenu une antienne dans les collections. Pierre Bergé, le premier, a compris l'intérêt de transformer un couturier en artiste. Au fil des ans, les robes échappent ainsi à leur statut pour devenir objets d'art et finir dans un musée. Yves va puiser chez les maîtres l'impulsion créative qui lui manque parfois. Il réinterprète Matisse et Picasso en patchworks colorés, pose un oiseau de Braque sur une épaule dénudée, demande au brodeur Lesage de faire apparaître, sur une veste du soir, les *Tournesols* de Van Gogh.

Après un silence, les premières notes de l'adagio du *Concerto pour piano n° 23*, de Mozart, s'élèvent dans l'atrium. C'était le morceau préféré de Staline, il l'écoutait quand il est mort dans sa datcha, près de Moscou. Il avait exigé un enregistrement de la pianiste Maria Yudina, déesse aux yeux verts vêtue de longues robes noires. Pour le final, tous les smokings imaginés par Saint Laurent défilent en une procession mortifère.

Questionnaire de Proust :

– Quelle est votre couleur préférée ?

– Le noir.

Yves vient saluer sans un sourire, bouffi et chancelant. La salle est debout, en larmes, *standing ovation* comme à Saint-Roch. Pourquoi être bouleversé à ce point par une présentation de mode ? Chacun ressent qu'il se passe autre chose. Bientôt, ce monde sera englouti comme le furent jadis les paradis noyés de l'Atlantide. Le processus d'imitation s'est inversé, la mode ne vient plus d'en haut, elle est initiée par la rue. Certaines expirations disent le monde, c'est la fin d'une époque. Et celle d'un homme.

Dernier shoot d'adulation pour Yves avant de finir dégrisé et se laisser mourir. L'adoration est le plan B des exclus de l'amour. Les lumières sont éteintes, c'est terminé. Créer lui avait permis de donner sens et forme à son monde intérieur désaccordé, il va se laisser glisser vers le néant. Yves est mort, vive Saint Laurent, pharaon de la mode, momifié dans des bandelettes en mousseline de soie. Canonisé de son vivant.

Aucune notoriété ne se construit sans mythe. Que reste-t-il d'Yves rendu à sa nudité d'homme, dépouillé de son illustre patronyme ?

V

Tout a commencé en Algérie. Quelle est la mémoire dont il porte le fardeau ? Celle du contexte colonial et celle des femmes de sa famille qui ont survécu à cette violence. Il y a eu Maria, l'orpheline exilée, ses filles, Renée et Marianne, et puis Lucienne. La petite Lulu devenue Cendrillon, sans prince charmant.

Dans son nouveau foyer, elle est traitée différemment de ses jeunes sœurs. Elle ne cherche aucun réconfort auprès d'une mère dépressive, recluse dans sa culpabilité. Pas davantage auprès de sa grand-mère dont la rigueur ne l'incline guère à s'attendrir sur le sort d'une fillette. Au même âge que Lucienne, elle suivait son père pour un aller sans retour vers l'Algérie, le ventre gonflé par la faim, réduite à la mendicité, sans larmes pour sa mère morte. Mme Müller exige l'aide de l'enfant pour assurer la bonne marche de la maisonnée. La petite Lulu se plie au modèle qu'on lui propose, seulement guidée par cet instinct de survie des enfants maltraités.

Quand elle ose poser une question, « Tais-toi ! » est la seule réponse qu'elle reçoit. À son arrivée à Saïda, sa grand-mère s'est contentée de lui présenter les habitants de la maison : « Voici ton père, ta mère et tes sœurs », sans autre explication. Lucienne n'appellera jamais Marianne « maman ».

La petite Lulu a grandi, elle est devenue une adolescente ravissante, suscitant à présent la jalousie de ses demi-sœurs aux physiques ingrats. Sa blondeur et ses yeux bleus excitent les regards masculins.

Un après-midi de 1929, à la fin du printemps, c'est l'heure de la sieste, la maisonnée est assoupie. Lucienne : « Il est venu dans ma chambre, il m'a violée. Je n'avais pas quinze ans. À part les chiens qui montent l'arrière-train des chiennes, j'ignorais tout de ces choses-là. Ça me faisait peur à cause des draps tachés de sang accrochés dans la casbah, acclamés par les youyous des femmes arabes. Il m'a retournée et prise comme une bête. Quand il est sorti de la chambre, il y avait du sang. J'avais tellement mal… »

Cet homme, elle ne le nommera qu'à la troisième personne du singulier, « Il », ou « le porc ». Tout le monde sait, tout le monde se tait. Lucienne reste prostrée, enfermée dans sa chambrette pendant plusieurs semaines, soustraite aux yeux du maître de maison. Chaque matin et chaque soir, la fatma lui monte un plateau de nourriture avec de l'eau et reprend son pot pour le vider.

Au bout d'un mois, Marie Müller entre chez Lucienne, elle se signe devant la jeune fille qui vient d'avoir ses règles, avant de la congédier comme une bonne : « Dieu merci, tu n'es pas enceinte ! Au fond, ce n'est pas si grave, tu vois, il suffit de fermer les yeux et d'attendre que ça passe. Maintenant, tu vas te lever et préparer tes affaires. Tu t'en vas. »

Lucienne est envoyée chez sa tante Renée qui a déménagé à Oran. Le matin du départ, Marianne, la mère, espère consoler sa fille : « Tu es si jolie, c'est normal que tu attires les hommes. Et puis, ce n'est pas ton vrai père. » Elle lui avoue dans la foulée les circonstances de sa conception. En décembre 1913, Marianne a dix-sept ans. Innocente et vierge, elle est violée et tombe enceinte. L'identité du coupable doit rester secrète ; c'est un proche qui força ces femmes, seules et pauvres.

Pour Mme Müller : « Mieux vaut une fille morte qu'une fille mère. » Elle a pris les choses en main en envoyant Marianne terminer sa grossesse dans la ferme de Marguerite où l'enfant a été placée en nourrice. Euphémisme pour décrire l'abandon. Mme Müller trouve rapidement à marier sa fille Marianne par l'entremise du gendre banquier. L'élu, informé de la situation, est prié de reconnaître Lucienne. Il pose une condition : ne jamais voir ressurgir l'enfant dans son nouveau foyer. Il lui fera payer son retour inopiné en exerçant ce droit de cuissage que l'on réservait jadis aux domestiques.

À la fin du XIXe siècle, la littérature russe s'interroge déjà sur l'héritage des pères défaillants, Platonov en tête. Son père est un monstre : il fouette et viole avec la bonne conscience que lui autorise le servage en cours dans la Russie d'avant 1860. Platonov cherche à se détacher de ce père, de tous ces pères. Mais y parvient-il vraiment ? Lucienne emporte dans ses bagages le souvenir de cet homme défaillant qui abusa d'elle en toute impunité et la révélation de l'existence d'un autre monstre, son géniteur.

Marianne à Lucienne : « Ne parle jamais de ce qui s'est passé car tu deviendrais une paria. » « Paria », le mot va s'inscrire durablement dans la généalogie familiale, associé à la honte et à la colère. Visage fermé, Lucienne entend cette recommandation qu'elle suivra à la lettre. L'aveu soulage la mère et emprisonne la fille dans le mensonge. Elle n'en sortira qu'à la fin de sa vie, en déballant les détails de son histoire à sa petite-fille. En vieillissant, la mémoire récente s'estompe, en revanche les souvenirs les plus lointains ressurgissent telles les palines dans la lagune assourdie par le brouillard. Si Lucienne commence à oublier ce qu'elle a fait la veille, elle décrit avec précision les lieux de son enfance, la ferme et la maison de Saïda, les prénoms des uns et des autres, la succession des événements tragiques ou heureux, n'épargnant rien de sa vie intime ni de ses ressentis à son ultime confidente.

Dernières paroles de Marianne : « L'amour n'est pas notre destin. » Lucienne accepte la sentence et ne rêvera plus jamais à l'amour. Ni à celui que l'on reçoit, ni à celui que l'on donne. Elle n'oubliera pas non plus ce porc qui l'a sodomisée. Sur le moment, sa candeur l'avait empêchée de s'en rendre compte. En cas d'inceste, certains hommes préfèrent enculer leurs filles pour éviter les bâtards ou préserver l'hymen. Quand Lulu a perdu son pucelage à Oran, elle a compris. Elle s'est tue, c'était plus simple. Féminité assassinée de mère en fille.

La blessure, infligée par la violence de la masculinité coloniale, saigne dans l'inconscient familial. Lucienne est la seule à savoir d'où vient Yves, la seule à savoir qui est son fils.

Un jeudi du mois de novembre 1972, au Relais du Plaza Athénée, avenue Montaigne, à Paris, c'est l'heure du déjeuner. « Regarde, c'est Yves Saint Laurent qui vient de rentrer. Qu'est-ce qu'il fait avec une gamine ? Ce n'est certainement pas sa fille ! » Le maître d'hôtel se précipite pour accueillir le couturier et sa nièce avec laquelle il déjeune le jeudi : « Bonjour, monsieur Saint Laurent, bonjour, mademoiselle, votre table est prête. » Il est l'oncle mais aussi le parrain, figure paternelle de la fillette dont il s'occupe comme il peut.

« Ma chérie, tu as l'air si triste aujourd'hui…

– À l'école, ils se moquent de moi. Ils me traitent de menteuse.

– Pourquoi ? Tu as menti ?

– Non, parrain. (Elle l'appelle parrain.) J'ai raconté que j'avais rencontré *Peau d'âne* pour de vrai, chez toi (Catherine Deneuve, dans le film de Jacques Demy). Ils ne m'ont pas crue.

– Les enfants sont plus méchants qu'on le pense. Ils sont jaloux. Ce n'est rien, ma chérie, tu n'imagines pas ce qu'ils m'ont fait quand j'étais petit.

– Ils t'ont fait quoi, parrain ?

– Tu es trop jeune, je ne peux pas t'en parler. Mais un jour, toi aussi tu auras ta revanche. »

La petite fille ne comprend pas ce que l'adulte cherche à lui dire. Elle n'insiste pas, c'est inutile. Le regard de l'oncle s'éloigne. L'enfance est un pays à part entière, une terre si distante qu'on pourrait la croire perdue. Pourtant, afin que quelque chose naisse, de bon ou de mauvais, il faut l'humus de ce qui a été dégradé. Elle ignore encore tout de l'histoire de cet homme et de la famille qu'ils partagent. Pour se protéger, elle revient à elle, comme tous les enfants, tripote en souriant le jupon en taffetas qu'il vient de lui offrir.

Dix ans plus tard, élève studieuse et précoce, la nièce entre en faculté. Un groupe d'étudiants la harcèle, ils menacent de lui couper ses cheveux longs : « Pour te punir ! » Pourquoi ? Pas plus qu'hier, quand elle était gamine, elle ne comprend l'ostracisme dont elle est l'objet. Elle a peur, refuse d'y retourner. Seul son oncle répond à ses angoisses : « J'étais à peine plus jeune que toi quand les brutes de mon collège ont décidé de me faire subir le même sort que les femmes rasées à la Libération. Parce que je n'étais pas comme eux. »

La nièce reste muette face à l'aveu, elle voudrait trouver des paroles de réconfort, mais rien ne vient. L'oncle termine sa cigarette pour en rallumer une autre, geste machinal et rassurant qu'il répète du lever jusqu'au moment de s'endormir.

Il la regarde, esquisse une moue désapprobatrice : « C'est démodé cette chevelure, tu ressembles à la petite fille sage d'un roman de la comtesse de Ségur, pas à une étudiante. Coupe-toi les cheveux ! » Elle est retournée en cours avec un carré adapté à la mode de l'époque.

Années 1950. L'Algérie française est en permanence au bord de l'explosion depuis les massacres de Sétif. Les Français, certains de leur puissance, se gardent bien de s'en inquiéter, inconscients des dégâts de l'oppression exercée sur une population musulmane enlisée dans la misère. Yves a grandi dans ce climat de brutalité sous-jacente. Violence intrinsèque du système colonial, violence faite aux femmes, violence faite aux pauvres en général, aux Arabes et aux Juifs. Société maudite dont il sera impossible de se réclamer un jour sans s'aveugler.

Lorsqu'il quitte la maison familiale de la rue Stora pour aller au collège du Sacré-Cœur, un pensionnat de jésuites où il est externe, Yves est régulièrement humilié et harcelé. « C'est un calvaire », répète-t-il sans être entendu. L'expression marque le prélude à une sémantique christique qui réapparaît en rhizome tout au long de son existence, jusqu'à son dénouement pathétique.

Dans cette société extrêmement hiérarchisée, il importe d'être riche, bien plus qu'en métropole où il peut suffire d'être bien né. Yves se trouve confronté à la morgue des fils de colons qui sont ses camarades de classe. Il est le plus pauvre d'entre eux, ils ne manquent pas de le lui faire sentir. Mal assuré comme souvent les adolescents, ce grand blond maigre avec son allure trop étirée, et dépourvu de muscles, agace ses condisciples. Il refuse les jeux collectifs comme le football ou les bousculades des cours de récréation. Son attitude l'isole. Yves ne fait rien pour atténuer cette différence. Au contraire, il force le trait en étant toujours extrêmement apprêté ; la provocation est sa seule arme. Il ne sait pas se défendre – et renonce à apprendre –, passe son temps à essayer d'échapper à ses bourreaux en se cachant dans la chapelle de l'école ou dans les toilettes. Mais les gosses, ça ne pardonne pas. Pendant qu'ils le tourmentent, il se répète : « Un jour, je deviendrai célèbre. Un jour, je deviendrai célèbre… » Les mutilations de l'enfance s'estompent parfois en rêvant de revanche.

Yves ne trouve aucun réconfort auprès de ses parents qui ne le protègent pas. Certains soirs, Lucienne, la mère, ou

Charles, le père, aperçoivent leur fils quand il rentre couvert de bleus. « Encore un coquard ! C'est bien de ton âge… », remarque suivie de rires gênés qui évacuent le sujet. Comment ignorer qu'Yves ne peut être que celui qui reçoit les coups, pas celui qui les donne ?

Début des années 1950, il a quinze ans. Trois de ses tortionnaires le capturent et l'entraînent dans la remise. Ils ont décidé de lui raser les poils. Intégralement. De la tête aux pieds en passant par le sexe. Pour ne pas être blessé par le rasoir, Yves doit rester immobile, étendu sur le sol crasseux.

Finalement glabre, cheveux, sourcils, aisselles, poils pubiens rasés, ils l'insultent, le traitent de « Sale tapette ! », rient de son apparence, lui crachent dessus, s'acharnent à coups de pied sur son corps recroquevillé et nu. Ils sortent leurs bites et terminent le passage à tabac en lui pissant dessus. « C'est tout ce que tu mérites, on t'a suivi jusqu'au village nègre. Les putes à boches, on les a tondues, toi c'est pareil avec les bicots ! » Joie sadique des hommes qui jouissent de l'humiliation, hier faite aux femmes, ce jour-là subie par un jeune homosexuel.

Ces mains multiples qui humilient, retiennent et forcent son corps, ces sexes qui s'épanchent sur lui, marquent les prémices d'une quête ultérieure, à la recherche de ce premier émoi effroyable. Il arrive que la jouissance protège contre une expérience de dépossession, et que la souffrance interrompe fugitivement le sentiment d'être coupable. Yves endure la punition infligée par ses semblables et, au-delà, la réprobation de toute une société qui hurle en silence : « À mort, les pédés ! » Son masochisme sexuel s'enracine dans les batailles auxquelles se livrent désir et culpabilité qui en sort toujours victorieuse.

Dévasté, Yves se rhabille en pleurant. Il fonce chez lui tête baissée, en évitant les rues trop fréquentées. Brigitte, sa plus jeune sœur, n'a que six ans. Quand elle le voit arriver, son premier réflexe est de se moquer en tournant autour de ce grand frère jamais affectueux : « Il a plus de cheveux, il a plus de cheveux ! », puis de se pincer le nez : « Toi, tu pues ! » Il ne lui pardonnera jamais.

Personne ne songe à porter plainte, ça ne se fait pas. Pour éviter le scandale, on se contente de le changer d'école. Yves attend, calfeutré, la repousse de sa pilosité. Il cuve sa honte dans une colère froide, lancinante. Ni Lucienne ni Charles ne lui ont rien demandé. Il en voudra à ses parents, devenus complices des bourreaux par leur silence. Comment répondre à des questions qui ne sont pas posées ? L'agression sexuelle subie par Yves ne sera jamais punie. L'histoire se répète, après la grand-mère et la mère : le fils. La victime dégage et les tortionnaires restent à leur place, jamais inquiétés. L'enfant a perdu ce qui demeurait de son innocence, l'adolescent a gagné la souffrance et la jouissance.

Trois mois plus tard, comme si rien ne s'était passé, le cercle familial élargi est réuni autour d'une grande tablée. À la fin du repas, les convives, un peu éméchés, ne prêtent guère attention à Yves qui s'est levé. Pour réclamer le silence, il cogne sur son verre avec la lame d'un couteau. Quand tous les visages sont enfin tournés vers lui, il claironne : « Un jour, j'aurai mon nom qui brillera sur les Champs-Élysées ! » Paroles oraculaires qui voudraient sonner comme un avertissement solennel, mais un éclat de rire géant secoue l'assemblée. L'hilarité tord sur sa chaise le père, Charles, qui se tient les côtes. Des larmes de rire jaillissent des yeux bleus de Lucienne, la mère. Entre deux hoquets, elle s'exclame : « Mais tu es fou ! » Les parents s'obstinent dans leur maladresse. Cette réaction collective renforce la détermination d'Yves, peu importe qu'un coup rendu sous forme de gloire n'efface jamais ceux que l'on a reçus. Debout face aux moqueurs, il revendique la célébrité comme un dû, se fichant de passer pour un imposteur. Au fond de lui, Yves sait qu'il faut commencer par prétendre pour devenir.

« Destin » est un mot que l'on pose sur une vie qui s'achève, une qualification a posteriori. Le mystère émane des êtres qui savent avant tout le monde qu'ils en ont un, prêts à tout sacrifier pour l'accomplir, à commencer par l'amour. Depuis que les dieux ne déterminent plus rien, qu'est-ce qu'un destin ? Se pose alors la question de l'homme derrière le mythe, celle du dérisoire – parfois tragique – qui orne les vies ordinaires avant qu'elles ne deviennent légendaires.

Vingt années plus tard, célébrité et liberté enfin acquises, Yves est entouré de courtisans dressés pour le divertir. « Que préférez-vous chez un homme ? – Le poil, répond Yves. » Jeu collectif dont il est le centre, entouré de son clan, tous rient à sa réponse, ignorants de ce traumatisme de l'adolescence. De toutes les façons, ils s'esclaffent à la moindre de ses facéties, souvent des blagues scatologiques. Il exerce sur eux la même emprise qu'il exerçait jadis sur ses deux jeunes sœurs. Il obtient ce qu'il veut. Il doit obtenir tout ce qu'il désire. Infantile et capricieux, il ne supporte plus d'éprouver ce sentiment de frustration trop tôt contracté.

Yves est peu accessible, pour le côtoyer il faut être introduit par l'un des membres de ce cercle fermé qui semble si prestigieux aux exclus. La distance renforce le mythe et son pouvoir d'attraction. Le rencontrer, c'est obtenir une audience avec le Messie. Ceux qui parviennent enfin à l'approcher entrent en dévotion. Étonnant pouvoir d'envoûtement qu'Yves opère sur les gens.

Chacun voudrait être remarqué et se tient prêt à tout pour accrocher son regard. Phalanstère incestueux, hiérarchisé et cruel qui reproduit à sa manière l'ordre familial perdu. La critique et la moquerie règnent, incessantes et cinglantes.

Quelle que soit sa proximité, la destruction symbolique de l'autre est une règle. Impossible pour Yves de construire une image de soi sans avoir recours à la désapprobation d'autrui. Son interprétation du monde est paranoïaque, égotiste et hystérique.

La plupart vivent aux crochets d'Yves et de Pierre, monarques snobs d'une cour de fous attentifs à ne pas franchir les limites imposées, sous peine d'être bannis sur-le-champ. Tous sommés de nourrir la créativité du maître, quelquefois chancelante. Autour de lui règne un climat d'agressivité, ombre de la violence contenue dans l'ogre. Implacable, il ne pardonne rien. Certainement pas les faiblesses des autres.

Yves refuse d'affronter quelqu'un qui va mal, il s'en détourne aussitôt. Or, pour lui, la grossesse est une maladie. L'ogre dévore les enfants : si l'une des « amies » ou collaboratrices tombe enceinte, elle est priée d'avorter – Yves finance – ou de dissimuler sa grossesse jusqu'à son terme. Sinon, elle court le risque d'être exclue du cercle dont il a établi les règles implicites. Cercle doré comme les attributs de cette gloire consolatrice qu'il a désirée plus que tout : « J'aime la gloire. La gloire, c'est la fête. J'aime la fête. C'est gai. Ça brille. [...] Or des candélabres, or des lambris, or des décorations. La gloire ne se conçoit que dorée. [...] La gloire foudroie. Ça se fout de tout. Ça marche sur tout le monde. Ça dérange. La gloire je l'ai voulue. Elle me fortifie. Elle me nettoie, me purifie, m'embaume. » Il suffit d'un pschitt de renommée pour dissoudre l'odeur de pisse, un instant seulement, car elle réapparaît, empreinte dans la mémoire olfactive.

Au cours de l'année 1973, Yves rencontre un homme. Rien à voir avec les aventures précédentes. C'est un aristocrate de vingt-deux ans, né à Saigon, dans l'Indochine française où son père est un gouverneur de province. Le père n'acceptera jamais l'homosexualité du fils ; ce rejet l'assassine. Décadent, accaparé par sa mise et par le vice, il incarne une sorte de personnage mi-proustien, mi-Des Esseintes. Cette liaison cannibale sera l'objet de la brouille définitive entre les clans Saint Laurent et Lagerfeld. Karl est le mécène et l'amant platonique du dandy sulfureux qui lui fait le récit détaillé de ses expériences sexuelles multiples et sadomasochistes. Ils se retrouvent au Sept, la boîte gay de la rue Sainte-Anne où les deux bandes s'épient et se côtoient en commandant des spaghettis au caviar, arrosés de vodka. On dîne à l'étage avant de descendre au sous-sol minuscule pour danser et draguer au rythme des tubes de Barry White, Gloria Gaynor et Diana Ross.

Yves remarque ce jeune homme dont l'apparence chétive est démentie par une lueur singulière dans le regard, promesse d'indicibles extravagances des corps. Le trouble de la particule fait aussi son effet. Ils se croisent, ils se frôlent. L'autre l'aborde enfin, à la fois désireux de faire enrager son protecteur – jaloux du succès de Saint Laurent –, et conscient de la séduction inattendue qu'il exerce :

« Yves… J'aime le graphisme de ce prénom. Le Y est une lettre érotique. Sexuelle. Ellc symbolise une braguette qui s'ouvre…

– Le Y, c'est aussi une lettre martyre, deux bras accrochés à une potence. Je suis l'amant de la Mort.

– Je suis la Mort. »

En perpétuelle quête d'excès, Yves s'abandonne à l'homme qui l'entraîne sans efforts dans des excursions sordides, du côté sombre de sa sexualité et de ses addictions. Une descente aux enfers dont il ne reviendra jamais tout à fait.

Depuis l'adolescence, Yves aime les sévices. Dans une lettre délirante, il narre ses aventures de la nuit précédente, dans l'appartement occupé par le jeune amant, place Saint-Sulpice. Après une nuit chaude avec les pompiers d'une caserne voisine, pas encore dégrisé, il écrit : « Hardis les gars, hardie la queue. Roulements de tambours. Roulements de couilles. Déballe-moi ton paquet que je renifle dedans. Que je plonge mon tarin dans ton slip. Dans ton cabas je mets la main. Tes abricots mûrs. Tes prunes rondouillardes. Je me douche sous les effluves et les dégoulinades de ta sueur d'homme. Fleuve dévalant de la chambrée. Branlement de combat. Rabaisse la visière de ta casquette pendant que je cascade sur le pont de ton froc, matelot. Et pisse-moi dessus. Je veux une flotte de pisse. Une dégueulée de coups de canon. Un amarrage de bites dans les grandes largeurs. Largeur de mon trou. Gouffre de mon cul. Puits de Sodome. Enfournement en règle. Une, deux ! Et trois et quatre et cinq et six. Et dix et quinze et vingt et toute la troupe et par-dessus le marché le mousse et l'enfant de chœur, l'escadre tout entière, le peloton d'exécution. L'ultime limite de mes tissus. Perforés, froissés, fripés, maltraités... Traître, tu fricotes dans mon sexe. Tu me déchires. Salaud. Sapeurs-pompiers. Super tapettes à salauds. Et vlan ! Et re-vlan et super vlan. On me tabasse. Régiments de biroutes. Verge reine. Souveraine et souterraine, tu te glisses, sournoise, entre mes fesses. »

Pierre Bergé est alarmé par la tournure que prend cette relation. L'état d'Yves l'inquiète, son travail s'en ressent, pas question de le laisser s'abîmer de la sorte. Un soir, au Sept, Pierre apostrophe Karl : « Il faut que tu tiennes ta petite pute ! » Il l'accuse de l'avoir balancé comme un virus destiné à détruire la maison Saint Laurent. Lagerfeld répond : « Yves ne t'appartient pas. » Fou de rage qu'il encourage la folle passion d'Yves pour son gigolo, Bergé lui décoche une violente paire de claques. À défaut de pouvoir « l'acheter » puisque Karl pourvoit déjà à ses besoins, Pierre menace le jeune homme d'un contrat sur sa tête s'il revoit Yves. De toutes les façons, l'aristocrate s'est lassé de l'adoration encombrante de son amant. Il mourra avant eux, du sida, à la fin des années 1980.

D'habitude, c'est Yves qui s'ennuie le premier de ses amis ou de ses amants. Cette fois, désespéré, c'est lui qui coule à pic. Se prenant pour la Callas abandonnée par Onassis, il entre en dépression. Trop tôt, Yves éprouve la sensation odieuse que les beaux jours de sa vie sont passés. Personne ne peut plus contenir sa destructivité, ni freiner l'usage intensif des drogues et du sexe destiné à faire taire les forces de mort à l'œuvre en lui.

Le roi de la mode se traîne devant la porte de son amant pour le supplier : « Fais ce que tu veux de moi. » Pas davantage qu'Yves, l'homme n'est capable de tendres sentiments. Enfants mal-aimés et jamais rassasiés, l'amour n'est pas leur destin. En tout cas pas celui d'Yves, frappé de l'anathème formulé par Marianne, la grand-mère, assimilé par Lucienne, la mère, qui à son tour l'a transmis à ses enfants. Tous les trois immolés sur l'autel de la sauvagerie du monde.

Entre l'oncle et la nièce, la coutume des déjeuners a perduré, tant bien que mal, entre deux cures de désintoxication. À l'occasion d'un anniversaire de la jeune fille, ils se retrouvent au Plaza. « Seize ans, c'est l'âge des miracles », lui dit Yves. Ils ont adopté le même rituel que ceux de sa cour, le jeu du questionnaire de Proust. Il suffit à l'un des deux de saisir un mot au détour d'une phrase pour le transformer en interrogation. Réponse au tac au tac exigée. Elle lui demande :

« Si tu étais un miracle ?

– Je voudrais entrer dans une pharmacie et demander un cachet pour réparer l'âme. Et que ça marche. Pour toujours.

– Tu es si triste que ça, parrain ? »

VI

Questionnaire de Proust :

– Avez-vous une devise ?

– Je me permettrais de prendre celle des Noailles : « Plus d'honneur au singulier, que d'honneurs au pluriel. »

Encore raté. Tous les honneurs reçus ne l'ont pas consolé de la douleur de se croire mal né. Comment effacer l'honneur perdu des mères et la tache indélébile des viols et de l'inceste ? La honte qu'il porte sans le savoir n'a rien d'honorable, il la dissout dans sa dilection pour des particules qui ne sont pas élémentaires. Plutôt Marie-Laure que Lucienne. Plutôt les Noailles que les Mathieu-Saint-Laurent. Plutôt l'hôtel particulier du 11, place des États-Unis que le même numéro, rue Stora, où vivaient modestement ces petits-bourgeois, près de la casbah d'Oran.

La rencontre avec Pierre Bergé a libéré Yves. Il ne l'exempte pas seulement de ses inhibitions sexuelles, Pierre lui ouvre aussi les portes du monde parisien auquel il rêve depuis l'adolescence. À ses côtés, Yves s'épanouit enfin et peut jouir sans entraves de sa célébrité toute neuve, son véritable sésame pour capter la curiosité fluctuante des « heureux du monde ».

Pour le jeune Oranais, les Noailles en constituent l'acmé. Ils forment un couple atypique de mécènes. Le vicomte Charles est homosexuel, la vicomtesse Marie-Laure a des amants, souvent plus jeunes qu'elle. Ils sont riches, ils sont nobles, ils sont libres. Au-delà du commun des mortels.

Leur salon est le plus couru de Paris. Pierre et Yves sont invités dans l'hôtel particulier parisien, par l'entremise d'un ami de Pierre, le poète Jean Cocteau, dont la vicomtesse est restée – en vain – amoureuse toute sa vie. Pierre a prévenu Yves : « On ne prononce pas No-ailles, mais Nou-ailles. » À la fois excité et intimidé par la magnificence des lieux, il s'écrie, à propos du salon décoré par Jean-Michel Frank : « C'est la huitième merveille du monde ! » Pierre, embarrassé et davantage rompu aux usages, lui intime d'un ton sec de dissimuler son enthousiasme : « Ça ne se fait pas ! »

Pour Yves, la soirée Noailles est une sorte de miroir inversé de la matinée Guermantes pour le narrateur du *Temps retrouvé*. En marchant sur les pavés mal équarris de la cour, il retrouve la sensation des dalles irrégulières de Venise ; le tintement des couverts sur la porcelaine le ramène au petit train arrêté dans une clairière de Normandie ; le mouchoir trop empesé avec lequel il s'essuie la bouche lui rappelle la rugosité d'une serviette de bain à Balbec. Cette conjonction du passé avec les éléments du présent lui procure un bonheur total. Il sait qu'il va pouvoir enfin écrire, il sait que c'est sa dernière soirée. Le narrateur dépasse le temps perdu des mondanités dans lesquelles il s'épuisait tandis qu'Yves y pénètre à peine. Ce qu'il retient de Proust, ce n'est pas le renoncement ni le processus de création qui s'ensuit, c'est le désir de caste. Ce besoin désespéré d'appartenance et la tragique illusion d'en être.

Adolescent, Yves recopie dans ses cahiers certaines phrases de *La Recherche*. À propos de la sœur du duc de Guermantes : « […] la pureté d'un sang où depuis plusieurs générations on ne rencontre que ce qu'il y a de plus grand dans l'histoire de France avait ôté à sa manière d'être tout ce que les gens du peuple appellent "des manières", et lui avait donné la plus parfaite simplicité ». Cette élégance innée cache une petite âme. Yves oublie de noter la lâcheté et la cupidité dont fera preuve Mme de Marsantes à l'égard d'Odette puis de sa riche héritière de fille. Il ne s'encombre pas de ces détails. Son obsession pour cette race qui n'est pas la sienne l'emporte sur le reste. Ces personnages deviennent l'instrument de mesure à partir duquel il jauge son milieu. Les manières qui sont incrustées en lui n'ont rien à voir avec celles des Guermantes, il tentera d'en gommer les stigmates sans se poser de questions éthiques.

Par superstition, Yves n'a jamais terminé *La Recherche*. Que pouvait-il en comprendre sans ce dernier tome du *Temps retrouvé* ?

« Quels auteurs aimez-vous à part Proust ?

– J'aime tellement Proust que c'est très difficile pour moi de le partager avec d'autres écrivains. »

D'où vient cette fascination mimétique qui exclut toute littérature ? Le terrible sentiment de solitude ? L'exigence d'amour jamais rassasiée ? Semblable appartenance à la « race maudite des êtres contradictoires » ? En Proust, Yves reconnaît le monstre qui s'agite en lui.

Descendante directe du marquis de Sade, la grand-mère de Marie-Laure de Noailles a inspiré à Marcel son Oriane de Guermantes. Yves hisse la vicomtesse au statut d'icône malgré sa laideur. Le tropisme qui le porte vers l'aristocratie, et ne cessera de le hanter, fait qu'il s'en accommode tandis que, pour toutes les autres, il ne tolère pas la moindre disgrâce. « Les laides ? Qu'on les tue ! » ose-t-il en petit comité.

Trop éloignée du fantasme aristocratique, Maria n'est plus qu'un point minuscule dans l'histoire familiale, une tache imperceptible. L'arrière-grand-mère d'Yves Saint Laurent a été exclue de la généalogie du grand couturier, cependant elle l'a connu avant de mourir, quand il n'était qu'un petit garçon. Maria, comme la Vierge, immaculée conception imaginée pour masquer la fureur des hommes. Maria qui a crevé de faim. Maria qui a épousé le premier venu qui a bien voulu d'elle. Elle n'avait pas le choix, elle n'était rien. D'ailleurs, son patronyme a été effacé. Exit les racines espagnoles d'Yves, pourtant les plus fiables.

La postérité s'accroche à ses fausses croyances : « Ses ancêtres sont des héros : famille de robe du versant paternel, famille de guerriers du versant maternel, Alsaciens des deux côtés. » Encore faudrait-il s'accorder sur la signification du mot « héros », au-delà de la véracité généalogique. Depuis quand un simple légionnaire qui participe à la conquête sanglante d'un territoire peut-il s'inscrire dans l'histoire de France autrement qu'en pion anonyme ? Où réside l'héroïsme d'une lignée d'avocats originaires de Colmar ?

Pourquoi forcer l'ascendance alors que l'histoire est plus belle les pieds dans la merde et la tête dans les étoiles ? Alchimiste de ses racines misérables, Yves les a couvertes d'or. Le succès a gommé les origines, mais les origines l'ont rattrapé à son insu.

L'obsession de la reconnaissance et le bonheur qui s'éloigne : devenir célèbre peut amener à désirer que la biographie devienne hagiographie. Pas seulement pour vendre davantage de robes et de parfums, mais peut-être pour construire une image de soi vivable. Yves s'est exposé pour se perdre dans cette image, se taire en elle. Pierre

Bergé s'est chargé d'exercer les pressions suffisantes, Yves de collaborer. Ils ont masqué les embarras de la vie du couturier pour construire un génie de son temps, Français en Algérie, bien né. Pas le descendant d'exilés de la faim, ni le fils d'une débauchée.

Les acteurs de ce récit existent, se rencontrent ou s'évitent, comme sur un plateau de cinéma, selon un scénario écrit par Yves et Pierre. Ce dernier s'accorde au passage l'accès à une postérité fabriquée de toutes pièces à laquelle il n'aurait pu prétendre sans le premier. C'est l'histoire de deux ambitions emmêlées. L'histoire de la gloire et de son célèbre envers, le deuil éclatant du bonheur. Yves s'est pris pour Saint Laurent. La fiction a posé un faux nez sur son beau visage et un chapeau sur sa crinière, le transformant en clown triste et cruel. Attributs glorieux et clinquants d'homme touché par la grâce fallacieuse du succès et de la richesse.

Les êtres humains fonctionnent comme des tours de magie. D'abord on est épatés, puis on cherche à percer le secret, parce que la magie n'existe pas. La part cachée d'Yves est celle qui importe.

Yves devait mourir avant de naître. Lucienne n'en est pas à son premier avortement. À une époque où la contraception n'existe pas, le coït à la *retirette* dépend du bon vouloir de l'amant, peu soucieux de savoir si celle qu'il vient de baiser risque de terminer les jambes écartelées sur une toile cirée, dans l'arrière-cuisine d'une faiseuse d'anges. Lucienne n'a jamais oublié ces séances de torture qu'elle a décrites à sa petite-fille sans omettre de détails. Celle dont elle se souvient le mieux, c'est le cierge qu'on enfonce dans le vagin pour dilater le col de l'utérus. Ça ne l'a jamais empêchée d'en brûler souvent pour invoquer l'intercession de sainte Thérèse, celle-là même dont la désinence du prénom s'accorde si bien au péché de chair.

Que vient faire Thérèse dans ce bordel ? Petite sœur du ciel pour l'accompagner dans les heures sombres ou mère de substitution ? Ce n'est pas de celle de Lisieux qu'il s'agit mais de la carmélite espagnole. Contrairement à Thérèse d'Avila, la vilaine Lulu ne connaît pas l'extase malgré tous ses amants. Elle en a tant qu'elle ne sait pas qui est le père. Elle est mariée. À Charles Mathieu-Saint-Laurent, le descendant des austères « hommes de robe » alsaciens. Leur rejeton plutôt, car ils toisent du haut de leur empyrée ce jeune homme de médiocre envergure qui a renoncé à devenir juriste.

Tous deux mènent une vie légère que d'aucuns qualifieraient de dissolue. Les soirées se terminent quelquefois en entrelacements multiples des corps. Alcool et nonchalance poussée à l'extrême, certains matins ni Lucienne ni Charles ne se souviennent précisément avec qui ils ont couché la veille. La société locale goûte peu ces libertés. Encore, s'ils étaient riches, on leur pardonnerait tout, ils seraient seulement traités d'excentriques.

La quête d'honorabilité d'Yves sera inversement proportionnelle à la transgression de ses parents. Il cherchera et trouvera ce qui faisait défaut à sa famille : une respectabilité qui exige de l'argent. Yves a voulu à tout prix devenir riche, pour venger les opprobres de sa jeunesse.

Questionnaire de Proust :
– Ce que vous détestez par-dessus tout ?
– Le snobisme de l'argent.

Tu parles, Charles ! Charles, c'est le prénom de l'homme qui a épousé Lucienne. Charles ne désire qu'une chose : raconter des blagues en jouant à la canasta avec ses amis et s'envoyer en l'air. Il est méprisé par ses sévères aïeux qui ne discernent en lui qu'un bon à rien, à peine capable de s'associer dans un pressing, un cinéma ou de se lancer dans les assurances. Il n'est pas homme d'affaires pour un sou, toutes ses entreprises échoueront. L'ambition n'est pas son propos. Plus tard, Charles sera également méprisé par son fils qui devra lui verser une rente afin qu'il subsiste après le retour précipité d'Algérie.

Plus les années passent, plus Yves a honte de ses parents. Son père, mais aussi Lucienne. Tous les deux sentent la province. Même s'il adore les couleurs, le soleil et les odeurs de l'Afrique du Nord, Yves déteste le côté petit-bourgeois étriqué de la ville de son enfance et de ses habitants. Pâle copie de Paris dont elle se voudrait l'égale, Oran lui pèse. Après son dernier séjour là-bas, en 1957, il n'y mettra plus jamais les pieds, sans un regret ni un regard pour ce passé douloureux, mais avec, au fond du cœur, une mélancolie diffuse qu'il n'affrontera qu'à la fin de sa vie.

Vingt ans plus tard, il retrouve à Marrakech ces sensations perdues. La ville marocaine réunit tout ce qu'il aime sans le voile d'une provincialité qui l'étouffe. Un coup de foudre. Une renaissance. Ici, la décadence est un genre, Yves n'est plus un monstre comme à Oran, quand il allait en cachette fricoter avec les jeunes musulmans des quartiers pauvres. Les regards ne jugent pas, ils encouragent.

Yves a grandi dans une famille qui n'aimait pas les Arabes tandis qu'il les désirait. Yves a grandi dans une société où l'homosexualité est pire qu'un crime de sang. À Marrakech, il a enfin trouvé un éden où réfugier ses rêves.

Questionnaire de Proust :

– Où aimeriez-vous vivre ?

– Au soleil, au bord de la mer.

Il manque la mer, mais le soleil qui inonde la ville rouge devient le remède à son hiver intérieur. Sensations d'Algérie avec la liberté en plus, celle d'être soi dans un entre-soi cosmopolite. Hippies et jet-set. Frénésie sexuelle protégée par les minarets qui se dressent comme des verges dans un ciel bleu : « La Koutoubia, la plus haute mosquée, est un immense phallus vert et rose qui veille sur la ville », écrit-il.

Couleurs enfin retrouvées qu'Yves observe et récite sur son carnet d'inspirations pour enflammer ses collections. Harmonies hardies d'un ciel violine et lavande, un tissu orange éclaboussé de rose, un voile marron foncé retenu par un ruban rouge, un caftan beige rayé de bleu vif, un turban fuchsia métissé de céladon…

C'est jeudi, Yves et sa nièce déjeunent rue de Babylone. Pour ses huit ans, il lui a offert une boîte géante de crayons de couleur à trois tiroirs et un carnet de dessin. Dans le salon, allongée sur le tapis d'Ernest Boiceau, elle en recopie les perroquets avec application. Assis dans le fauteuil aux Dragons d'Eileen Gray, il la regarde en fumant : « Moi aussi, j'ai commencé en recopiant des dessins. Ceux de Bérard. Plus tard, tu devras trouver quelque chose qui n'appartienne qu'à toi. Les autres artistes ne sont qu'un socle sur lequel prendre son envol. Réinvente les couleurs des oiseaux du tapis. »

Sa voix est douce, mais c'est un ordre. Pour lui faire plaisir, la fillette s'entraîne à voir autrement. Les perroquets ne sont plus roses et mauves, elle les pare d'ailes rouges, vertes et jaunes.

Pour ses dix ans, l'oncle est à nouveau interné. Pas de déjeuner cette fois, mais une lettre-dessin écrite au feutre noir, sur une simple feuille blanche : « Joyeux anniversaire, ma petite chérie. C'est tout ce que je peux t'offrir de mon lit d'hôpital. Je n'ai pas de crayons de couleur mais des couleurs, tu dois en avoir plein dans ta tête. Ton parrain qui t'aime. »

À travers les peintures, l'oncle-magicien lui a enseigné la vaste palette des paysages. Il donne un nom singulier à chaque teinte ; avec lui, les verts sont mousse ou néon, un violet ténu devient iris pâle et le jaune sent la paille sèche. Elle n'a jamais rêvé en noir et blanc. Les rêves en couleur semblent si étranges aux médecins des années 1950 qu'ils les associent à des troubles mentaux. Elle l'ignore. Elle ne sait pas encore, non plus, que la folie menace certains membres de sa famille, épée suspendue au-dessus de leurs têtes inconstantes. Trop jeune pour percevoir celle de son oncle ou de sa mère, elle pressent seulement leur étrangeté. À eux deux, ils cumuleront plus d'une dizaine de tentatives de suicide : le gaz, la défenestration, les veines que l'on tranche, les médicaments en surdose, les roues sous lesquelles on se jette…

Ils ont échoué malgré la sincérité de leur désir de mort. Quel ange les a protégés d'eux-mêmes ? Brigitte et Yves, frère et sœur de la nuit, éloignés l'un de l'autre sans espoir de réconciliation à cause d'une odeur de pisse, et pourtant tellement semblables dans leurs désespérances intermittentes.

VII

La famille, dans l'idéal, est un groupe de gens qui ont le même sang et qui s'aiment. Chez les Mathieu-Saint-Laurent, on est loin du compte. Même sang ? Ça se discute. Amour ? Néant. On échappe rarement à ce qui a manqué. C'est le terrain miné des origines, individuelles et collectives.

Les enfants de l'Algérie française moribonde portent la charge du déclin de l'empire colonial et celle de toutes les exactions commises en son nom. Culpabilité du racisme reçu en héritage et de bien d'autres maux. À l'instar des Français de leur entourage, les parents d'Yves Saint Laurent ne s'identifient pas ainsi, mais quand ils parlent des Arabes ils disent parfois « les bicots » ou « les bougnoules », quand ils sont énervés, ils les traitent de « crouilles ». Ils les tutoient d'emblée, confondant convivialité et condescendance, l'inégalité juridique va de soi. Ils marquent aussi une différence avec les Juifs en ne les fréquentant pas. Les homosexuels non plus, même s'ils n'ont rien contre eux, disent-ils. Comment s'épanouir au sein de cette communauté ? Né dans une société toxique qui admet l'existence de races inférieures, Yves n'a d'autre choix que la fuite. À leur insu, ses parents sont devenus des monstres.

Dès qu'il arrive à Paris, il est un pied-noir honteux. Il rejette en bloc tout ce qui vient de l'autre côté de la Méditerranée et ne supporte pas qu'on lui rappelle cette origine. Si l'élision du souvenir soustrait les informations gênantes, on ne peut sans dommages renier l'endroit d'où l'on vient. Apatride, Yves n'appartient pas à la lignée des héritiers, ceux qui savent de quel passé ils sont l'enfant. L'activation de la force créatrice va le sauver pour un temps. Par la voie de la sublimation, métaphore alchimique qui transforme la boue en or, un autre récit va naître pour maintenir à distance blessures et angoisses. Roi d'un royaume sans mémoire, jusqu'au jour où le barrage du corps cède sous le poids des silences et de la douleur des aïeux qu'il conserve. Yves souffre autant des secrets qu'on lui cache que du déni algérien. Il aurait fallu un présent apaisé pour accueillir les fantômes d'hier. Apparitions tardives qui l'ont fait trébucher pour mieux le terrasser.

Il existe plusieurs sortes d'héritages, la part objective – génétique ou patrimoniale –, et l'autre, la plus importante, qui n'est pas incarnée : le passé. Il charrie le culturel et l'affectif, l'explication des liens. C'est la substance qui comble les brèches entre les morts et les vivants.

Ce n'est qu'à la disparition du père, quand la mère condescend au dévoilement partiel des origines, qu'Yves se posera enfin la question de l'Afrique du Nord. Elle contient, sous-jacente, cette interrogation universelle : « D'où je viens ? » Ancré en lui, il y a ce sentiment de perte propre à ceux qui ont vécu le début de leur existence dans un pays qu'ils ont quitté, même s'ils n'ont pas envie d'y retourner. Cette forme de nostalgie s'apparente au désir de revenir à un moment de sa vie plus qu'à un lieu. Revenir à l'enfance, quand tout semblait simple et protégé.

Mais quand il s'interroge, il est trop tard. Épuisé, sans plus de courage ni de désirs, Yves renonce et se contente de l'identité mythique qu'il s'est inventée.

Les Mathieu-Saint-Laurent résident dans une maison de ville, à Oran, sur le « Plateau », près du « Village nègre » où vivent les Arabes. Deux familles cohabitent, des cousins sont au premier étage tandis qu'ils occupent le bas. Bourgeois sans fortune, ils emploient cependant une cuisinière, un jardinier et une bonne, luxe qu'ils ne pourraient se permettre à Paris. Les gages sont dérisoires grâce à l'exploitation coloniale. Point de livres dans cette demeure, seulement des magazines de mode, la revue *Cinémonde* et *L'Écho d'Oran*.

La légende d'un Yves fou de littérature n'est qu'une interprétation complaisante. Les belles-lettres, c'est l'autre,

Pierre Bergé. Yves lit peu, il relit. À son chevet : la bible Proust et une biographie de Zidane. Le footballeur fait partie de ses obsessions tardives alors qu'il a tant détesté ce sport. Il découvre l'homme à l'occasion du défilé YSL, organisé en ouverture de la finale de la Coupe du monde de football, en 1998, quand il marque deux buts contre le Brésil. Il ne comprend rien aux règles du jeu, ça l'ennuie. Mais comme les autres, Yves est gagné par la ferveur collective qui enflamme le Stade de France. Pour la première fois, il croise un dieu vivant plus ovationné et connu qu'il ne le sera jamais.

Du côté de la rue Stora, la culture n'est pas le propos. Comment, dans un tel contexte, Yves Mathieu-Saint-Laurent, jeune pied-noir de la classe moyenne, est-il parvenu à réaliser son rêve de gamin : voir son « nom briller en lettres d'or sur les Champs-Élysées », loin de cette Algérie natale qu'il déteste ? Comment même a-t-il pu élaborer un tel rêve ?

L'influence d'une femme détermine son destin. Renée a déjà sauvé la mise de Marianne, sa sœur déshonorée, en lui trouvant un mari. Certes, pas le meilleur des maris, encore moins le meilleur des pères, mais un mari tout de même, élément indispensable à la survie d'une femme en Algérie.

Son époux banquier est mort. Devenue veuve et riche, la tante Renée s'est remariée avec un architecte-compositeur, directeur de l'orchestre philharmonique de la ville d'Oran, et homosexuel sur les bords. Évoluant désormais dans un milieu qui mêle culture et argent, elle incarne une sorte de Marie-Laure de Noailles, version coloniale. Chez elle, il y a des œuvres d'art, des livres et de la musique. Ceux qui les ont écrits et ceux qui l'interprètent, venus de métropole le temps d'un concert ou d'un spectacle, défilent dans sa luxueuse demeure.

C'est encore là que Renée recueille sa nièce, la petite Lulu, quand il faut l'éloigner du beau-père incestueux. Que serait devenue la jeune fille abusée et si peu éduquée sans cette providentielle tante de conte de fées ? Lucienne découvre un milieu qui d'emblée la fascine. Elle n'est pas idiote, elle sait qu'elle n'est qu'une pièce rapportée, parfois encombrante quand elle renvoie à sa tante, devenue l'une des reines d'Oran, le miroir de son passé de domestique à Saïda.

Elle apprend vite, observe et copie le comportement de Renée au sein de la *café society* locale. Les fêtes se succèdent, Lucienne s'enivre de l'insouciance de la vie coloniale et découvre son pouvoir de séduction. Avec ses deux cousins – fils que Renée a eus avec le banquier –, elle mène une existence dorée qu'elle désire à n'importe quel prix voir perdurer, faite de virées en Bugatti à Paris et de farces sans cesse renouvelées. À eux trois, ils forment une sacrée bande. Lucienne rend fou les hommes. Mais à force, elle acquiert une sale réputation. À Oran, la rumeur enfle : « Lucienne ? Il n'y a que le tramway qui ne lui soit pas passé dessus. » C'est la rengaine qui lui colle à la peau. Elle est jeune, belle et coquette, elle adore le champagne. Elle a surtout une revanche à prendre sur la vie, sans états d'âme. Liberté factice qui permet la jouissance illimitée dans la haine de soi.

Une fois de plus pour sauver les apparences, on la marie en urgence à Charles Mathieu-Saint-Laurent. Elle est heureuse de se débarrasser du patronyme infamant de son violeur. À son cousin qui la questionne sur ses sentiments : « Moi, amoureuse ? Tu plaisantes ! » Mais ce n'est pas un marché de dupes, l'époux est aussi volage qu'elle. Lucienne continue donc sur le même registre, passant de bras en bras, peu importe ses maternités, celles qu'elle consent à mener à terme, se fichant de savoir qui est le père.

À défaut d'amour, le cercle familial génère une force clanique. Elle est du côté des femmes. Le pilier de ce gang matriarcal, c'est Renée. Après avoir « sauvé » Marianne puis Lucienne, elle va inspirer Yves et le soustraire à la médiocrité à laquelle son milieu le prédestine.

Yves est fasciné par sa grand-tante, seule source de culture à laquelle s'abreuver. Oran n'est pas Alger, c'est une ville de commerçants. Pour l'élite ploutocrate, le terme de culture désigne surtout les marchandises agricoles qui partent du port vers la métropole. Quand les troupes parisiennes, en tournée en Afrique du Nord, y font escale, ce n'est pas tant l'intérêt pour les pièces qui s'y jouent que l'occasion de se pavaner vêtues d'inutiles fourrures qui meut les Oranaises.

Férue d'art, Renée fait exception dans ce milieu. Elle seule perçoit la curiosité qui anime le jeune adolescent de treize ans. À l'occasion de la Saint-Yves que l'on célèbre en mai, elle lui offre une place de théâtre pour assister à la représentation de *L'École des femmes*, mise en scène et interprétée par Louis Jouvet.

Le samedi 6 mai 1950, Yves a fait la grasse matinée. Dès son réveil, il descend dans la salle à manger, s'empare de *L'Écho d'Oran* qui traîne sur la table du petit déjeuner. Parle-t-on de la pièce que l'on y donne ? Il tourne les pages et découvre enfin un encadré, avec portrait et gros titre : « Dominique Blanchar, découverte de Louis Jouvet, sera Agnès ce soir au théâtre municipal ». Depuis une semaine, Yves réfléchit à la façon dont il va se vêtir pour l'occasion, c'est la première fois qu'il se rend au théâtre. Il est excité, tout lui semble merveilleux : la façade illuminée avec ses tours carrées surmontées de coupoles dorées, les trois ouvertures majestueuses sur la place Foch, le grand escalier que gravissent les élégantes, les fresques du plafond, les fauteuils en velours rouge…

Dans la salle comble, le rideau se lève sur les décors de Christian Bérard. Yves est ébloui par les candélabres qui tombent d'un ciel violet et la sensation d'un jardin à la française simplement peint sur des panneaux escamotables. C'est une révélation pour le tout jeune homme qui a déjà remarqué ses illustrations de mode dans *Harper's Bazaar* et *Vogue*, seules lectures qui traînent dans les maisons des coquettes des colonies. Il rentre rue Stora, bouleversé et exalté par le monde qui s'ouvre à lui.

Dorénavant, Yves va dessiner à la manière de Bérard. Il imagine des costumes et des décors de théâtre. Il prépare des saynètes dont il organise la mise en scène avec ses sœurs et ses cousins, dans « la petite pièce », un cagibi réservé aux jeunes qui fait désormais office de salle de spectacle. Il y installe une planche soutenue par des briques. Lors des répétitions, il frappe les enfants pour qu'ils soient au plus près de ce qu'il exige. Ceux qui ne jouent pas constituent « le public ». Déjà, Yves rêve d'ovations.

En dévorant les magazines de mode, il retient les noms du milieu dans lequel gravite celui que l'on surnomme « Bébé » à cause de son air de gros poupon barbu : Jean Cocteau, Marie-Laure de Noailles, Gabrielle Chanel… Rêve prémonitoire, l'adolescent s'invente une maison de couture qu'il situe place Vendôme, à Paris. Il réfléchit aux noms – avec particule – de ses clientes imaginaires, à ceux des modèles qu'elles commandent et jusqu'aux prix des tenues. Ainsi, Mme de Henlé achète les toilettes Mata Hari, Shogun, Yolanda et Stanislas pour quatre cent mille anciens francs.

À treize ans, Yves ne joue pas au football, il joue au grand couturier.

Grâce à l'influence de Renée, il trouve refuge dans le désir fou d'art. Cet absolu devient son seul horizon pour transgresser l'insignifiance du destin qui lui échoirait s'il se laissait engluer par ce qui l'encercle, par tout ce qu'il ressent et le tourmente. C'est Renée, encore, qui lui offre les quatre premiers tomes de *La Recherche*. La découverte de Proust, qui ose mettre l'homosexualité au premier plan de la littérature, le sauve un temps de ses inclinations mortifères. En lui s'expriment la douleur et le scandale qu'éprouvent les enfants incompris. Dès l'adolescence, Yves devient un être à la fois insupportable et touchant. Frappé de démesure, son ego blessé forge un caractère despotique, masqué par une apparente fragilité dans l'allure. Il semble si vulnérable que personne ne se méfie de lui. Avec sa voix douce, sa timidité feinte et sa politesse affectée, il décoche de cruelles railleries.

Questionnaire de Proust :
– Quel don aimeriez-vous avoir ?
– La force physique.

Adolescent, Yves a honte de sa maigreur qu'il dissimule sous une superposition élaborée de vêtements. Les muscles de marbre des statues antiques le fascinent autant que les muscles de chair. À défaut de poings suffisamment forts pour casser la gueule à ceux qui l'oppriment, il va apprendre le pouvoir des mots, ceux qui blessent autant que ceux qui galvanisent, afin d'obtenir de leurs destinataires l'énergie qui servira ses desseins.

Sur son papier à lettres gravé d'une tête de lion bleue, il écrit à sa nièce : « Ma grande chérie, voici venu le jour de tes vingt ans et c'est un bien beau jour. Je te les souhaite, ces vingt ans, remplis de Bonheur et d'Amour [sic]. Remplis aussi de projets merveilleux. Je voudrais être un bon génie, celui-là même qui te donnerait tout ce que tu désires et tout ce qui est nécessaire pour parcourir le chemin qui s'offre à toi. » La lettre est accompagnée d'un collier en or dont les maillons ressemblent à ceux d'une chaîne d'ancre de bateau.

D'une certaine manière, Yves a succédé à la tante Renée dans le rôle du bienfaiteur providentiel. Il a offert à sa nièce un corps-mort auquel s'arrimer pour résister aux remous des intempéries familiales. Elle aussi est née d'une mère absente, aliénée à l'alcool et à l'inconstance de ses humeurs.

Cet anniversaire, ils l'ont fêté en retard, un dimanche d'automne, rue de Babylone, car Yves a prolongé son séjour à Marrakech. Pour l'occasion, Lucienne s'est jointe à eux. La nièce s'agace du bavardage incessant de la grand-mère à propos de ses tenues, de ses chiens ou du temps qu'il fait, ses trois sujets de prédilection. Pourtant, rien de dérisoire dans ce verbiage : la vieille dame ne dispose pas d'autres moyens pour maintenir le lien avec son fils. Mots pour surtout ne pas dire, certains sujets sont trop redoutables pour être abordés. Le silence est le péché capital qui unit la famille dans le déni. C'est leur façon de survivre à la douleur tout en évitant d'évoquer la folie. Le mutisme – ou son babil analogue – en est l'une des expressions quand il couvre les effondrements profonds. Souvent, les fous se taisent. À moins qu'ils n'abrutissent de leur logorrhée désordonnée ceux qui les fréquentent de trop près.

Lucienne-la-secrète ne supporte pas les silences, un ange risquerait de passer. Pour combler les vides de la conversation, elle a apporté des photographies anciennes. C'est au café qu'elle lance son offensive : « Regarde, mon chéri, comme nous sommes beaux ! » Le pronom scelle un couple que l'usage du présent pérennise. Dans un soupir, Yves saisit les photos qu'elle lui tend avec insistance. Sur les clichés, la mère et le fils, personne d'autre. Ils sont pris dans un parc. Lucienne est apprêtée, coiffée et maquillée. À aucun moment les regards de la mère et de l'enfant ne se croisent. Mais Yves sourit. Il a quatre, cinq ans peut-être, et semble heureux. Les sourires du fils n'ont pas duré. Il y a le cadavre d'un enfant chez Yves Saint Laurent. Cet enfant mort, c'est lui.

Sur un plateau d'argent, à côté des cafés, le maître d'hôtel a déposé la mouna, une brioche parfumée à la fleur d'oranger que Lucienne a achetée chez un boulanger pied-noir de son quartier. À Oran, c'était le goûter des enfants. L'odeur renforce la puissance évocatrice des images. Mais à l'inverse du narrateur, Yves est incapable d'éprouver quelque réconfort dans la collusion des souvenirs et du présent. Tout cela l'encombre, la nièce ressent le malaise de l'oncle.

Après de longues minutes, avec sa diction alentie, il prononce une seule phrase : « Je pense à Proust quand il écrit que les vrais paradis sont ceux que l'on a perdus. » Souvenirs exhumés par force de sa mémoire, son regard devient humide sous la lumière crue de l'intrusion. Nostalgie du monde d'avant l'inquiétude, d'avant la peur et le sentiment d'abandon face à toutes ces souffrances qu'il infligera à d'autres, son tour venu.

À peine sorti de l'enfance, humilié à l'extérieur, Yves se venge sur ses sœurs et les autres gamins de la maisonnée. Il a six ans quand naît Michèle, neuf quand arrive Brigitte. Il redoute que ces deux petites filles lui volent la maigre attention que lui porte Lucienne. Il ne veut pas seulement être aimé, il veut être préféré. Yves n'est pas un enfant partageur, il tourmente ses sœurs. Il les pince, c'est son attaque favorite. Ni Michèle ni Brigitte n'osent se plaindre, elles ne sont que des fillettes qui grandissent dans la crainte de ce grand frère tyrannique.

Avant elles, Yves a été un petit garçon plutôt heureux même s'il ne parvient pas à accrocher le regard de sa mère, seulement préoccupée par sa nouvelle robe ou sa prochaine conquête. Une bonne s'occupe de lui avec affection. En grandissant, sa chambre devient un refuge dans lequel il peint, dessine et écrit ; sa tête est pleine de personnages et de rêves de grandeur. Personne n'a le droit d'entrer. Certainement pas ses sœurs.

Brigitte et Michèle sont à la fois terrorisées et fascinées par les sortilèges sortis de l'inconscient de cet étrange frère aîné. Yves n'aime rien tant que leur faire peur. Il invente des jeux insolites qui finissent inéluctablement par la mort des deux fillettes. Un soir, il les force à marcher autour du lit parental en criant : « Gestapo ! Gestapo ! » Les enfants montent s'y réfugier et le lit devient navire. Yves décide soudain que l'embarcation fait naufrage. Elles se noient, lui seul en réchappe. La disparition des témoins de la honte est un fantasme récurrent, destiné à effacer le souvenir et les traces de ses humiliations.

Plus il grandit, plus son côté « petit chef » s'affirme. Le changement d'école a mis fin aux persécutions, Yves est désormais au centre d'un groupe d'amis dont il organise les distractions. Il ourdit avec sa bande des actes provocateurs sous couvert de rigolades. Au fond, il s'agit de punir cette société qui l'emprisonne. Un soir, une fête a lieu au tennis-club, gardé par des soldats armés à cause des attentats répétés du FLN. Tandis que les femmes se pavanent avec bijoux et étoles de fourrure – c'est la mode des renards –, les jeunes fomentent leur mauvais coup, ciseaux cachés sous leur veste. Yves ordonne : « Coupons les têtes ! » Les museaux sans vie qui pendaient dans le dos des fausses élégantes sont brandis en trophée par la bande qui s'enfuit en riant.

En accentuant son côté bravache, il croit dissimuler son homosexualité. Une voisine lui tient lieu d'alibi. Ils sont inséparables, même s'il n'hésite pas à poser des lapins à sa « petite fiancée » quand une occasion plus appétissante surgit au coin d'une rue. Torturé par le dégoût de lui-même, il craint que le vice ne se lise sur son visage. Une honte sexuelle s'empare de lui pour ne plus le lâcher. À tout moment l'opprobre risque de s'abattre, une insulte surgie de nulle part pourrait l'anéantir. Personne à qui se confier, sa solitude est un chemin de croix.

Malgré ses efforts pour taire ses préférences, tout le monde sait qu'Yves est « une tapette ». Personne ne dit mot. Sauf les copains de Charles-le-père qui se foutent de lui à propos de son fils. Il répond en riant à l'unisson : « Qu'est-ce que vous voulez que j'y fasse ? » Au collège, Brigitte et Michèle subissent en silence les quolibets de leurs camarades à propos de leur frère-la-pédale.

La fratrie ne s'entend pas, ni maintenant ni plus tard. Pourtant, de ces années-là les sœurs raconteront une version édulcorée pour enrichir la légende, calquée sur le récit de leur mère. À partir de son départ d'Algérie, il les tiendra à distance. Les sœurs éprouveront un vif ressentiment d'être ainsi exclues de l'aura de l'aîné devenu célèbre, sans jamais oser l'exprimer hors d'un cercle intime.

Dans les années 1970, Brigitte, la sœur cadette d'Yves, débarque à Paris. Elle vient de quitter son mari et sa petite fille âgée de trois ans, dont il est le parrain. Elle en a vingt-trois, elle est ravissante, son frère est une star. Ils sont beaux et posent ensemble, en sahariennes, devant l'objectif du photographe Helmut Newton, pour le magazine *Elle*. Mais ils n'ont plus rien de commun. Elle reste figée dans son passé récent de militante pro-OAS, sa nostalgie de l'Algérie française et ses convictions d'extrême droite.

Brigitte est conservatrice, homophobe et raciste, Pierre Bergé la déteste. Yves la fuit, elle l'embarrasse. Elle dissimule sa rancune d'enfant et sa jalousie. Il ne fera rien pour l'aider, elle ne demandera rien. Quand elle évoque le couple qu'il forme avec Pierre Bergé, elle les nomme « les pédés ».

Frère et sœur se détestent sans avoir le courage frontal de leurs sentiments. À l'origine de la haine fratricide qui l'oppose à sa sœur cadette, il n'y a pas seulement le conflit idéologique, la jalousie à l'égard de la mère ou le fait qu'elle fut le jeune témoin de son humiliation, il y a aussi les non-dits et l'incertitude qui les tourmentent à égalité.

Un jour, en visite à Oran, l'une des demi-sœurs de Lucienne prend à part Brigitte, alors âgée de treize ans, et lui révèle que ni elle ni son frère ne sont les enfants de Charles. Perfidie d'adultes. Brigitte mettra des années à oser en parler à Yves. La confession rompt le lien ténu qui demeurait entre eux deux. Le fait d'être inclus dans une semblable bâtardise révulse Yves. Si Brigitte récuse la possibilité que le père ne soit pas le père, lui se prend à rêver d'un autre géniteur qui serait davantage en adéquation avec ses rêves.

Yves n'a pas encore son baccalauréat quand il remporte le troisième prix de la catégorie « Robe » à un nouveau concours annuel de stylisme. Dépité et vexé, il refuse d'aller chercher son prix, c'est la première place qu'il veut – et obtiendra à l'occasion d'une seconde participation. Lucienne rêve d'une escapade dans la capitale, elle parvient à le convaincre avec l'aide de la tante Renée qui leur offre le voyage. Ils se rendent tous les deux en avion à Paris, c'est la première fois qu'Yves monte dans le Bréguet Deux-Ponts d'Air France. Direction les bureaux de *Vogue* pour en rencontrer le directeur. Charles, ce père qu'il méprise, est pourtant celui qui a pris la peine d'écrire au tout-puissant Michel de Brunhoff. Grâce aux communes racines alsaciennes des familles Mathieu-Saint-Laurent et Brunhoff, le père d'Yves a pu solliciter un rendez-vous avec celui qui fait et défait les réputations dans le milieu parisien de la mode. Sans cette intervention et la rencontre qui s'ensuit, le destin du jeune provincial surdoué aurait été bien différent.

Lors de l'entretien, Yves reste silencieux. Lucienne qui l'accompagne parle pour deux. Brunhoff conseille au jeune homme de passer d'abord le baccalauréat puis, s'il est toujours intéressé, de venir étudier à l'École de la chambre syndicale de la couture. Il y a peu de places, mais il s'engage à intervenir. Soudain, Yves explose : « Je ne veux plus aller au lycée ni passer le baccalauréat. Ça ne sert à rien, je veux me lancer directement dans la mode ! » Accès de colère ou démonstration de volonté ? Tous sont surpris par cet éclat que rien dans son attitude faussement passive ne laissait présager. Michel de Brunhoff pressent la détermination qui meut Yves, mais il réitère son conseil. Pénétrer ce milieu de la couture des années 1950 ne se fait pas sur un simple caprice. À Yves de prouver que son élan n'est pas qu'un feu de paille.

Le reste du séjour, il arpente avec sa mère l'arrondissement de l'avenue Montaigne où sont installées les maisons de couture. Ils admirent les vitrines sans oser entrer. Il se trouve gauche, ignorant des lieux qu'il faut savoir situer pour être l'égal de ces badauds élégants qu'il croise dans les beaux quartiers et qui n'ont pas besoin de demander leur chemin. En prenant conscience de l'abîme qui les sépare, il se promet de devenir un jour plus parisien qu'ils ne le seront jamais.

Yves découvre le temple Dior illuminé, phare parmi les stigmates des années noires. Paris pue encore les relents de l'Occupation. Le poids de la guerre est présent, tout est gris, maussade, à l'inverse d'Oran, auréolée de l'éclat solaire des villes algériennes. Ce carcan passéiste rassure Yves qui éprouvera toujours un attachement pour les valeurs d'antan contre celles de son temps. Les fantômes esthétiques excluent le contemporain tandis que le formalisme contrebalance la folie à fleur de peau. Ses costumes de séminariste et ses nœuds de cravate trop serrés sont l'expression d'une contention délibérée, une image à l'opposé des démons qui l'agitent. Pour lutter contre ce qui l'accable en silence, il est habité par la volonté d'être conforme.

Yves obtient son baccalauréat en juin 1954. Michel de Brunhoff tient ses engagements. Grâce à son entregent, Yves est inscrit à l'École de la chambre syndicale de la couture. À Paris, il poursuit sa correspondance avec le directeur de *Vogue* en lui envoyant des croquis. Christian Dior vient de dévoiler confidentiellement à son ami Brunhoff quelques modèles du prochain défilé. Ce dernier est stupéfait : les dessins du jeune Mathieu-Saint-Laurent s'inscrivent parfaitement dans l'esprit de la nouvelle collection. Il se précipite avenue Montaigne, étale les esquisses d'Yves sur le bureau de Dior :

« Regarde, c'est un miracle : un lycéen de dix-huit ans, fraîchement débarqué d'Afrique du Nord, dessine comme toi ! De ma vie je n'ai rencontré quelqu'un de plus doué.

– Qu'il vienne immédiatement, j'ai besoin d'assistants. »

Les visions d'un tout jeune homme rencontrent une époque. Cette conjonction est la marque du génie. Le petit assistant deviendra à son tour le couturier le plus célèbre du monde et régnera pendant quarante ans sur la mode. Pour cela, il ne faut être ni timide ni faible. Yves est dur comme la pierre.

Sans Charles, sans la rencontre avec Brunhoff, pas d'engagement chez Dior. Tous ceux qui ont joué un rôle déterminant dans l'ascension d'Yves ont été effacés au profit d'un seul. Effacer les origines. Effacer Maria-la-famélique, Charles-le-père-bonhomme, Renée-la-mécène. Sans Pierre Bergé, point d'YSL, c'est ce que la postérité devra retenir alors qu'il n'est même pas encore entré dans sa vie.

La main du destin est insuffisante quand le talent est absent.

Au contact de son oncle, la nièce a fomenté le projet fou de devenir danseuse. Il faut dire qu'Yves fréquente assidûment les corps de ballet et leurs étoiles. À l'occasion d'un dîner chez Maxim's, il rencontre Margot Fonteyn et Rudolph Noureev, grâce à son amie Clara Saint. Son formalisme le tient à distance des chorégraphies contemporaines, Yves n'aime que les ballets classiques. Il témoigne une dilection spéciale à leurs interprètes tout en muscles, torse nu ou justaucorps, jambes moulées dans des collants qui ne dissimulent pas grand-chose de leur anatomie parfaite. Rudy le fascine, il pue le sexe, comme Mick. Le danseur aime l'argent, Yves le gâte. Tous les prétextes sont bons pour l'approcher.

L'oncle encourage sa nièce. Grâce à lui, elle voit toutes les pièces, s'enthousiasme pour *Giselle* et *Le Lac des cygnes*. Il fait réaliser à sa mesure les costumes de ses héroïnes romantiques, et lui demande, ainsi déguisée, de singer les étoiles inaccessibles. Toute à sa passion, l'enfant n'entend pas les rires réprimés, ni ce que cache la voix trompeuse des compliments. Elle ignore encore qu'elle n'a aucun don pour cette carrière, Yves le sait.

Il l'emmène assister aux répétitions avec Noureev, à l'Opéra Garnier. Incapable de comprendre ce qui se trame, elle ne voit pas qu'elle n'est qu'un instrument du désir de l'oncle. Assis tous les trois dans la salle vide, elle observe, attend, immobile et muette. À la fin, elle se contente de trois arabesques sur la scène avec le danseur, récompense pour sa patience, comme on donne une cacahuète à un chimpanzé qui vient d'exécuter son numéro.

Yves est une sorte d'engendreur de rêves qui ne tiendrait pas ses promesses. Ils sont nombreux à s'être cognés contre le réel après avoir cru, par son entremise, en un destin qui ne leur était pas dévolu.

VIII

Les périodes de bonheur sont si rares dans la vie de cet homme qu'elles méritent d'être soulignées. Paris, le 20 juin 1955, Yves a dix-neuf ans, Dior vient de l'engager, l'avenir lui appartient. C'est son premier jour parmi les assistants ; finie, la dépression des débuts solitaires, il descend quatre à quatre les marches de l'escalier de la chambre de bonne du boulevard Pereire pour se rendre avenue Montaigne.

Il fait la connaissance d'Anne-Marie – encore Poupard, bientôt Munoz –, de deux ans son aînée, elle aussi fraîchement débarquée de sa province bordelaise. Elle lui présente le mannequin vedette de la maison, Victoire. En réalité Jeanne Devis, mais ce nouveau prénom convient davantage au visage de la Parisienne d'après-guerre qu'elle doit incarner, insolente et sûre d'elle. Yves est ébloui. Le charisme et l'aisance de Victoire dans ce milieu parisien le fascinent, lui qui rase les murs dès qu'il franchit les portes du temple Dior.

Devenus intimes, elle lui présente un médecin, ami de son fiancé. Yves le supplie de lui faire des piqûres d'hormones. Il cherche désespérément à se libérer de ce goût pour les hommes qu'il considère comme une anomalie et qui le déchire. Yves a fini par intérioriser le mépris que voue la société aux homosexuels. Celui de son cercle familial aussi qui, sous couvert d'une cécité surjouée, eût de loin préféré qu'il ne fût pas inverti. Malgré le contexte radieux, toujours rôde l'ombre de ses démons. La série d'injections n'aura pas les effets escomptés.

Son camarade de cours, Karl Lagerfeld, n'est pas loin, rue François-Ier, engagé chez Pierre Balmain. Ils se retrouvent souvent au Bar des Théâtres, avenue Montaigne, avec Fernando Sanchez, Anne-Marie et Victoire. Le soir, Karl – le plus riche d'entre eux – conduit la petite bande dans une automobile offerte par son père, pour dîner à la Closerie des Lilas ou boire un verre à la Coupole.

Joyeusement, ils conjurent la pression des journées, les conditions de travail difficiles, les maigres salaires et l'ambiance détestable faite de coups bas. Yves et Karl rivalisent de traits d'esprit irrévérencieux pour amuser leur auditoire. Ceux d'Yves sont acérés, certains enfants blessés deviennent des adultes blessants.

Chez Dior, pour distraire ses camarades du studio, il dessine la silhouette de la Vilaine Lulu, une enfant perverse vêtue d'un jupon de tulle rouge et d'un chapeau de gondolier. Il imagine un « Conte pour enfants sadiques » qui débute ainsi : « Il était une fois une petite fille. Elle s'appelait la Vilaine Lulu. Son papa avait un nom : Yves Saint Laurent. » Elle s'adonne à la luxure et commet des crimes atroces. Elle n'aime pas les enfants, elle les violente ou elle les tue. Sacrifices humains de nourrissons égorgés, bûchers, empoisonnement. Yves imagine une scène dans un parc où la Vilaine Lulu entraîne d'autres enfants à harceler une mère jusqu'à ce qu'elle abandonne son petit devant la porte de l'Armée du Salut, parce qu'il est un « vilain bébé ». Son vice réjouit ceux qui lisent ses aventures sans jamais soupçonner qui les inspire.

Yves s'est bien gardé de révéler que Lulu est le surnom de sa mère. La bande dessinée sera publiée dix ans plus tard. Lucienne Mathieu-Saint-Laurent est la première à s'émerveiller devant les dessins de son fils.

Yves se pose en père de sa propre mère. En juge qui n'osera jamais clamer son verdict à voix haute. Il sait des choses à son propos qu'aucun enfant ne devrait apprendre. Les avortements, les partouzes. À l'époque, Lucienne se fout de ce que pensent les autres. Une quinzaine d'années plus tard, elle se façonnera une réputation de mère idéale, à la mesure des désirs du fils prodigue. Entre eux deux s'établit une connivence silencieuse, un pacte implicite qui scelle un contrat.

La haine s'origine autour de l'année 1942. Les Américains débarquent à Oran mais les lois raciales sont maintenues : les Juifs ne récupèrent pas la nationalité française dont ils ont été déchus et ceux qui ont été envoyés dans les camps de détention, dans le sud du pays, ne rentrent pas pour autant. Cela importe peu au reste des pieds-noirs dont certains se sont enrichis de leur spoliation. Ils voient avec joie les cabarets se remplir de GI's. Lucienne est de toutes les fêtes, elle ne parle pas un mot d'anglais, le langage des corps suffit.

Yves a six ans, son entrée à l'école l'affecte. La bonne vient le chercher deux fois dans la journée, pour rentrer déjeuner rue Stora puis l'après-midi, à la fin de la classe. Un jour, après le goûter, ils déambulent dans le centre d'Oran quand ils tombent, au détour d'une rue, devant un dancing à l'heure où les Oranaises viennent, sans leur mari, participer aux « thés dansants », à la rencontre des officiers. Elle s'arrête un instant pour observer les silhouettes à travers la vitrine. Elle s'exclame : « Regarde, Yves, c'est ta maman ! Comme elle est belle et comme elle danse bien ! » L'enfant est trop petit, elle doit le soulever. Lucienne, vêtue d'une robe à pois, virevolte dans des bras inconnus. Ce jour-là, quelque chose a germé, qui préexiste à la connaissance. La violence ressentie le portera plus tard vers la parure.

De cette image gravée en lui, naît une forme de jalousie impuissante à l'égard d'une mère qui lui échappe. L'indifférence ou l'exaspération de Lucienne face à la soif d'amour dévorante de son petit garçon ne font qu'accroître la frustration. Yves passera le reste de sa vie à effacer le souvenir blessé d'avoir cru compter et de n'être rien. Tout entier tendu vers elle, fébrile d'une colère inavouée, il l'a attendue comme on attend un miracle, en vain. Il a fini par l'acheter. Acheter cette mère qui pactise avec le corps des autres hommes.

Yves est parti à la recherche de ce temps perdu, celui d'un désir de fusion primaire inassouvi. La perversion permet de triompher de la blessure narcissique. Il met en place une organisation dépourvue de sentiments et de sens moral où le désir d'inceste et l'impossible identification au père jouent un rôle immense, où compulsion sexuelle et compulsion à idéaliser deviennent la matière première du processus de sublimation.

Cela prendra quinze ans à Yves pour assujettir Lucienne. Quinze ans à peine pour devenir le plus jeune grand couturier du monde. Puis, le séisme de la guerre d'Algérie, le rapatriement et le manque d'argent. Entre eux, l'argent s'érige en lien toxique, cordon ombilical jamais tranché. Cordon inversé par lequel le fils nourrit la mère. Cordon qui résiste à tout, à toutes les humiliations qu'Yves lui fera endurer, la couvrant ensuite de bijoux somptueux. C'est sa façon de prolonger la violence des pères. Tragédie de la répétition, des abus de pouvoir que l'on a subis et que l'on perpétue comme on le ferait pour une race ou pour un nom. Sous la forme d'un legs hypnotique, une sorte de virilisme eugéniste persiste et déchire les entrailles des enfants qui grandissent.

Au début des années 1980, lassés de la chaleur des étés marocains, Yves et Pierre Bergé achètent le château Gabriel, à Benerville-sur-Mer, sur les hauteurs de Deauville. La maison est restée inhabitée depuis la guerre. Il y a des trous dans la toiture mais la vue et la lumière sont magnifiques. Impossible de ne pas songer à Proust dont *La Recherche* inspire le décor. Chacune des chambres reprend le nom d'un personnage.

Pierre Bergé se déclare baron de Charlus. Yves Saint Laurent préfère Swann. Les rôles qu'ils se sont choisis ne les exemptent pas d'un petit côté Verdurin. Il arrive que l'on devine parfois, sous leur carapace rutilante, les deux provinciaux sans fortune qu'ils furent jadis.

Swann se prénomme Charles, comme le père d'Yves, tous les deux trompés par Odette et par Lulu. À leur façon maladroite, ils ont aimé leurs épouses qui ne le leur ont guère rendu.

Un jour de décembre, Yves annonce à sa mère qu'il passera le réveillon au château Gabriel, elle s'empresse d'accepter une invitation à dîner chez des amis parisiens, le 24. Au dernier moment, il change d'avis. Il rentre et la convoque le soir même pour un dîner de Noël en tête à tête, rue de Babylone. Lucienne se décommande aussitôt. La mère se pare pour le fils comme elle le ferait pour un amant. Robe noire haute couture, fourrures, bijoux qu'il lui a offerts. Quand le taxi la dépose, elle s'étonne, le porche franchi, de découvrir la façade sur cour éteinte. Elle sonne. Albert, le fidèle valet, lui ouvre, il semble étonné de la voir : « Monsieur est dans sa chambre, il dort déjà. À son arrivée, en fin d'après-midi, il m'a demandé de lui servir une omelette et de ne plus le déranger jusqu'à demain. Il a insisté : je ne suis là pour personne… »

Jour de fête pour certains, jour vide pour d'autres. Dans le taxi qui la ramène dans son XVIe arrondissement, elle songe à tous ces réveillons peu glorieux. L'an passé, elle était rentrée bien avant minuit. En début de soirée, Yves avait exprimé le désir de se rendre à l'église Saint-François-Xavier. Ses désirs sont des ordres, il paie suffisamment pour ça. À sa façon, Yves a fait de sa mère sa putain. Tous deux ont tourné dans la nef, allumant des cierges à l'intention de sainte Thérèse avant de rentrer dîner, chacun assis à une extrémité de l'immense table en marbre, fleurie de lys Casablanca, servis par Albert. Comme toutes les fois où ils sont ensemble, Yves reste mutique, tête et épaules baissées. Lucienne fait des efforts pour animer le moment en échangeant des banalités avec le vieux maître d'hôtel. Et puis elle rentre, seule. Comme ce soir-là.

Il est à peine huit heures, sa gardienne l'aperçoit au moment où elle pénètre dans le hall de l'immeuble : « Venez trinquer avec nous, madame Saint Laurent ! » Lucienne, en grand apparat, siège à la place d'honneur dans la loge minuscule pour fêter Noël au *vinho verde* et au son des fados, avec la famille de la concierge portugaise. Un peu ivre, elle monte retrouver son chien. En se démaquillant, elle lui raconte sa soirée, monologue déchirant de lucidité où les expressions et l'accent pieds-noirs ont repris le dessus. Soirée pathétique qui le lendemain deviendra : « Formidable ! »

Quand on lui dit avec envie « Quelle chance vous avez d'avoir un tel fils ! », la réponse de Lucienne est invariable : « Oui, c'est formidable ! » Combien de « formidable » ainsi prononcés pour faire croire au reste du monde que tout va bien ? C'est une question de survie, elle protège la version officielle et le pacte qui l'unit à Yves.

À titre de compensation, deux jours après le Noël raté, elle reçoit une bague ayant appartenu à Rita Hayworth, sertie de trois grosses perles en forme de cœur, livrée par le chauffeur de son fils. Yves trouve que Lucienne, dans sa jeunesse, a ressemblé à l'actrice. C'est l'histoire d'un homme qui traite sa propre mère en femme vénale.

Pour percer le mystère d'Yves, il faudrait chercher la mère innombrable plutôt que le père incertain. En privant leurs enfants d'une paternité fiable, Marianne puis Lucienne perpétuent le doute.

Le sang des femmes, là gît l'unique certitude. Pourtant, dans la généalogie officielle d'Yves Saint Laurent, c'est la lignée paternelle qui est privilégiée, une dynastie d'hommes de loi qui prend naissance à la fin du XVIIe siècle en Alsace. Ils se prêtent davantage à l'édification du mythe que les misérables émigrés espagnols de la branche maternelle. Napoléon Ier nomma le plus prestigieux d'entre eux baron d'Empire pour avoir été son notaire. Le peintre David a fait son portrait. Dans le bureau du couturier, avenue Marceau, la peinture de l'austère « clerc du secret » semble le suivre d'un regard réprobateur quand Yves se sert en cachette de la bouteille de whisky, planquée derrière les rideaux. Le barbon ne considérait pas mieux son arrière-petit-fils Charles Mathieu-Saint-Laurent, quand le tableau trônait encore dans la salle à manger d'Oran.

Charles n'est pas le seul à baiser Lucienne. Yves le sait. Il n'éprouve ni admiration ni respect pour ce grand type au corps puissant et au rire bruyant, sosie de Fernandel, fumeur de cigarillos aux doigts noircis, que tous appellent « Charly ». Ils n'ont aucun trait commun. La morphologie grêle, la pâleur, la blondeur et les yeux bleus d'Yves l'éloignent sans retour des yeux noirs, de la peau basanée et des cheveux frisés bruns du gaillard, aussi débonnaire que le fils est introverti. Longtemps, il n'a ressenti que gêne à son égard. Il ne peut se vivre comme l'héritier d'un tel homme. « Fils de personne », Yves va errer sans amour dans le monde factice de l'usurpation et de la séduction.

Il s'est rêvé un autre père que le sien. Son père idéal est Christian Dior auquel il consacre cet éloge : « [...] Ce furent des relations d'une qualité exceptionnelle, rares et complètes, malgré cette pudeur de part et d'autre qui, bien loin de nous séparer, nous unissait. Ses yeux brillaient d'affection, les miens d'admiration devant cette idole qui me consacrait une part de son émotion. »

Yves est fasciné par cet homme, phare de la mode des années 1950, dont l'ascendance est tellement plus chic que la sienne. Mais il a imaginé une relation qui n'existe pas. Il n'a jamais été convié à Milly-la-Forêt avec les jeunes amis du couturier, ni dans sa maison du Sud, à la Colle Noire. Christian Dior a besoin de talents pour fournir son quota de modèles chaque année, le jeune aspirant n'est qu'un dessinateur de plus pour lequel il n'éprouve aucune affinité.

Grâce à son absence d'orgueil, Charly, ce père « trop » simple, attentif malgré son apparente légèreté, écrit de nouveau à Michel de Brunhoff pour lui demander de prendre soin de son fils. Il est inquiet pour Yves, seul à Paris. Personne n'a encore posé de mots sur les symptômes psychiatriques qui le font passer de très haut à très bas. Charles a remarqué les oscillations brusques de l'adolescent, entre silences et excès au cours desquels Yves surjoue un rôle de maître de cérémonie.

Lucienne aussi a noté les faiblesses de son fils sans pour autant faire le moindre geste pour l'aider à les dépasser. Plus tard, son soutien sera tissé de mensonges. En octobre 1957, elle se rend à Paris pour assister au défilé, dans les salons de l'avenue Montaigne. Yves n'est encore qu'un simple assistant auprès de Christian Dior. Elle est assise au fond de la salle, sur une chaise dorée adossée à la cheminée recouverte de fleurs trop odorantes qui lui retombent sur la tête. À la fin de la présentation, elle attend sagement que la salle se vide et qu'apparaisse Yves pour l'embrasser avant de s'éclipser en catimini. Cette scène a lieu une semaine avant la mort du couturier. Lucienne et Yves sont des pions anonymes, encore dans l'ombre.

Six mois plus tard, la donne a changé, Lucienne raconte une tout autre version. À l'occasion du défilé, Christian Dior aurait croisé par hasard la mère de son assistant avant qu'elle ne quitte les lieux. La trouvant « merveilleuse », il la convoque aussitôt en tête à tête dans son bureau pour lui confier : « Madame, votre fils est le seul garçon dans lequel je peux avoir confiance, le seul capable de me succéder. Je vais encore rester trois ou quatre ans près de lui, et après, je lui laisserai les rênes. » Des décennies plus tard, après avoir colporté cette anecdote, elle avoue à sa petite-fille qu'elle a tout inventé pour conforter Yves. Il vient d'être nommé, elle craint à tort qu'il n'y arrive pas : « Tu comprends, ma chérie, Yves n'a jamais été fort comme un homme, un *vrai.* »

Selon Lucienne, il faut mentir pour imposer sa vérité. Elle n'envisage les rapports humains qu'en termes de force ou de séduction. À ses yeux, le défaut de virilité de son fils est une menace qui pourrait entraver sa trajectoire inespérée. Pire, une maladie dont il faut s'accommoder. Elle préfère cette explication à celle des pathologies psychiques. « Folie » est un mot censuré. Elle ignore qui est August Strindberg, ce n'est pas le genre des pièces qui se jouaient à Oran. Dans *La Sonate des spectres*, l'étudiant avoue à la jeune fille : « Mon père est mort dans l'asile de fous. » Elle : « Il était malade ? » Lui : « Non, pas malade, mais fou. Sa folie a éclaté un jour, dans les conditions que voici… »

Les pères de substitution meurent aussi. Christian Dior décède au cours de l'automne 1957, après le défilé. Funérailles grandioses, sous le signe du muguet. Contrairement aux flots de vérités apocryphes que déverse le mythe, le successeur pressenti du grand couturier n'a jamais été Yves. C'est Marc Bohan, plus âgé et plus aguerri, qui vient d'être débauché de la maison Jean Patou par Christian Dior en personne. Le couturier trouve Yves trop inégal pour devenir le directeur du studio.

Coup du sort, Dior meurt le jour même où Bohan, contrat signé, doit prendre son poste. Contre l'avis de Marcel Boussac, le propriétaire de la maison, à qui l'extrême jeunesse et l'apparente fragilité du prodige n'inspirent pas non plus confiance, Jacques Rouet, le directeur administratif, nomme Yves. Rouet est un soutien actif de l'Algérie française et le choix de ce jeune pied-noir va dans le sens de ses convictions. Cependant, Yves ne sera pas seul maître à bord, il devra composer au sein de la nouvelle équipe avec les trois femmes les plus proches de M. Dior : sa muse, la directrice du studio et la directrice des ateliers. Trois femmes coriaces, vison-perles à l'image des clientes. Preuve de l'intranquillité des dirigeants, Marc Bohan est gardé en réserve, d'abord envoyé à New York, puis à Londres, pour s'occuper du prêt-à-porter.

C'est donc par un étrange concours de circonstances qu'Yves est chargé de dessiner la prochaine collection sous le contrôle des trois cerbères. Christian Dior, le père soi-disant choisi, ne l'avait pas élu. Yves vient à peine de dépasser vingt ans.

En décembre 1957, Yves prépare sa première collection pour Dior. Il part s'enfermer dans sa chambre, à Oran. La sanglante bataille d'Alger a instauré en Algérie française un régime de terreur, de tortures et d'exécutions sommaires. Maurice Audin, professeur et militant anticolonialiste, a disparu. Il sera retrouvé assassiné. À Alger, le garde des Sceaux, François Mitterrand, a laissé guillotiner un Français pour rien : qui se souvient de Fernand Iveton ? Arrêté, torturé, jugé et condamné à avoir la tête tranchée en 1957 pour une bombe qui n'a pas explosé, déposée dans un local isolé de l'usine où il était ouvrier. Il était du côté de l'indépendance, pas de celui de la lutte armée. Les Européens d'Algérie ont applaudi à l'énoncé du verdict, l'époque est aux lynchages. Chez les Mathieu-Saint-Laurent et leurs amis, on pense que ces types méritaient bien ce qui leur est arrivé. Yves, lui, s'en moque.

En pleine effervescence créative, la main du jeune homme enchaîne les esquisses tandis que *Jailhouse Rock*, le dernier single d'Elvis Presley, passe en boucle sur les tourne-disques. À Oran, les jeunes de la maison se contorsionnent en tentant d'imiter le déhanché lascif du crooneur. Personne ne parle anglais, personne ne comprend les paroles sulfureuses de la chanson qui évoquent l'homosexualité carcérale. Échange entre deux détenus : « *You're the cutest jailbird I ever did see. I sure I would be delighted with your company. Come on and do the Jailhouse Rock with me.* »

Yves n'a pas le temps de s'amuser. Il travaille comme un forcené, engueule ceux qui dansent. Il exige le silence, tous se plient à ses désirs. Ce ne sont pas les portes du bagne mais celles de la mode qui viennent de se refermer sur sa jeunesse. Elvis, la star, est parti pour deux ans en Allemagne faire son service militaire, Yves ne se pose pas la question de l'engagement. Ni maintenant ni plus tard. Il évacue la réalité politico-militaire et l'injustice qui l'entourent, indifférent au monde et à ses malheurs, seulement obsédé par son ascension. En préparant cette collection, il est dans un état d'euphorie : « Je sais que je vais devenir célèbre. » Cette fois, son entourage familial ne se moque plus de lui.

Quand il revient à Paris avec une valise remplie de dessins, il ne reste qu'un mois pour confectionner les robes. Parmi les centaines de propositions, les trois femmes choisissent environ deux cents modèles et définissent ainsi, dans cette profusion créative, la ligne « Trapèze ». Le jeudi 30 janvier 1958, les robes défilent avenue Montaigne tandis qu'Henri Alleg publie *La Question*, aux éditions de Minuit, témoignage personnel sur la torture en Algérie. Dix ans après l'Occupation, certains se comportent là-bas comme naguère les gestapistes. Tout cela reste trop éloigné des préoccupations parisiennes pour gâcher la saison de la couture.

C'est son premier défilé, Yves refuse que sa mère y assiste. Enfant, quand il n'avait pas d'autre point de comparaison, il l'a rêvée plus élégante qu'il ne la regarde désormais. La fréquentation des clientes Dior lui a ouvert les yeux, il aurait honte de Lucienne si elle venait aujourd'hui à Paris. L'enjeu est trop important, il veut éviter le moindre dérapage. À cette occasion, il ampute le nom du père en éliminant le Mathieu et les tirets. Le jeune stagiaire Yves

Mathieu-Saint-Laurent qui rasait les murs a vécu, vive Yves Saint Laurent ! Dans les salons Dior, la présentation dure plus de deux heures. Le défilé est formel, sans musique, dans la lignée de l'esprit maison. Dans la salle, parmi les invités, Pierre Bergé et son compagnon, Bernard Buffet. On applaudit, on l'ovationne. Tout le monde est soulagé. La presse internationale est dithyrambique. Il a vingt et un ans quand la célébrité lui plaque un masque de vainqueur fragile sur le visage : le jeune homme timide à la volonté d'airain. Sacré petit prince de la mode, Yves n'a plus droit à l'erreur. À chaque défilé sa couronne sera remise en jeu. Notoriété soudaine à l'exigence dévoratrice, *overnight success story*. C'est une tragédie de commencer par la gloire.

Il arrive à Yves ce qui était arrivé à Christian Dior, dix ans plus tôt, avec sa première collection sur laquelle des journalistes ont apposé ce nom définitif : *New look*. Succès immédiat malgré le scandale. En 1947, alors que l'époque est encore au rationnement, l'ampleur des jupes en corolle du tailleur « Bar » nécessite des métrages de tissu introuvables, sauf pour Marcel Boussac, le riche commanditaire, industriel du textile. Désir d'abondance, explosion de féminité, France ressuscitée.

La notoriété soudaine n'est pas leur seul point commun. Les colères terribles et, par moments, une fatigue extrême. Les insomnies et la boulimie. Le fait que ni l'un ni l'autre n'assume son homosexualité. La superstition aussi. Le

12 octobre, veille de son départ pour l'Italie, Dior rencontre sa voyante qui lui recommande de renoncer à ce voyage qui lui sera fatal. Enfin, ils partagent la dépression. Dernière lettre de Dior à son petit ami, un chanteur d'origine marocaine : « [...] Ici, après deux orages, le temps s'est remis au beau, mais j'ai les nerfs en très mauvais état, je n'ai que des idées noires et ne profite en rien de toutes les beautés qui m'entourent. J'étais triste de te voir partir mais cela est mieux que si tu étais ici en ce moment où je ne supporte rien ni personne, à commencer par moi-même. » C'est signé « Tian ». Yves aurait pu l'écrire, mot pour mot, à dix ans d'intervalle. La Colle-sur-Loup, c'était pour Dior l'équivalent de Marrakech pour lui.

Un jour, même les paradis choisis ne parviennent plus à consoler. Graphie claire d'Yves : « [...] Jours de vacances difficiles. Aucune stabilité. Encore à Paris et cependant à Marrakech. Sur une corde raide qui balance et n'est pas encore tendue impeccablement en une ligne droite parfaite... » Ligne brisée qui jamais ne se redressera, malgré le « encore » qui sonne comme une espérance.

Yves croise pour la première fois Pierre Bergé quelques jours après la collection, au cours d'un dîner. Le prince d'Oléron est l'avatar proustien de celui qui est né sur cette île de l'Atlantique, le 14 novembre 1930, sous le signe du Scorpion. Pierre grandit auprès d'une mère institutrice dont, élève indiscipliné, il suit la classe. Impatient, il prend la poudre d'escampette à dix-huit ans pour partir à l'abordage de Paris dont il deviendra l'un des rois, même s'il n'est pas prince de sang. Fou de poésie, autodidacte, il voudrait être journaliste ou écrivain. Il rencontre Cocteau, Aragon et Giono. À défaut d'en écrire, il survit en vendant des livres – des éditions originales, grâce à un libraire dont il est l'amant – et en abusant de ses charmes, la nature l'ayant fort bien pourvu. Un demi-siècle plus tard, bibliophile reconnu, il installe au premier étage de son dernier appartement parisien, rue Bonaparte, l'une des plus riches collections privées au monde.

Des années avant leur rencontre, Pierre était devenu l'amant puis l'agent de Bernard Buffet. Au fil des ans, le couple qu'ils forment se délite. C'est Yves qu'il regarde désormais. Et Yves regarde cet homme qui dégage une énergie sexuelle hors norme et l'attire follement. Deux pôles se rejoignent à travers la complémentarité de leurs pulsions : être celui qui châtie et l'autre qui reçoit ce châtiment.

Lors du Festival de Cannes, en 1958, Bernard Buffet est membre du jury. Yves rejoint Pierre, ils visionnent tous les films, main dans la main, en cachette. Au retour, Pierre rompt avec le peintre et Yves devient son « Kikou ». De chaste et frustré, il passe à une sexualité intense, sadienne. Sans transition.

Depuis Vichy, la loi condamne l'inversion. En France, en 1960, les députés gaullistes votent encore des amendements anti-homos. Le dispositif répressif mis en place sera supprimé vingt ans plus tard, par François Mitterrand. Si les anonymes sont condamnés aux amours clandestines, pour ceux qui gravitent dans les hautes sphères, artistes ou riches mécènes, la tolérance est de mise. Pierre oblige Yves à s'afficher en couple. Le 19 décembre 1958, ils assistent à une soirée de gala à l'Opéra de Paris pour entendre Maria Callas. Dans la salle, il y a Aristote Onassis, Brigitte Bardot, Jean Cocteau, Alain Delon, Charlie Chaplin… Elle chante une sélection d'airs des maîtres italiens, *Casta Diva* ou *Vissi d'arte*, qu'Yves écoutera en boucle tout au long de sa vie. Dans sa chambre, à son chevet, il y a une photo de la diva, en noir et blanc, accrochée à côté du crucifix. Rencontrer Callas, dîner avec elle, devenir des amis… Il exulte, la société est enfin à ses pieds.

Pierre vend son appartement parisien, Yves quitte le studio du square Pétrarque où il avait emménagé après la chambre du boulevard Pereire ; les deux hommes s'installent ensemble dans un rez-de-chaussée qu'ils louent place Vauban, face aux Invalides. Pour inaugurer ce premier lieu rien qu'à eux, ils achètent un immense oiseau senoufo chez le galeriste Charles Ratton. Il trône au centre du salon entre deux fauteuils Mallet-Stevens, un *Lounge* de Eames, des tabourets Mies van der Rohe et un bar dessiné par les

Lalanne. À l'époque, tout cela ne vaut pas une fortune, leur décor est plus affaire de goût que d'argent. Quand viendra l'heure de liquider leur passé commun, l'oiseau africain est le seul objet que Pierre ne vendra pas. Il a fini au musée de Marrakech, dans un patio orné de zelliges turquoise, sous l'œil de badauds indifférents.

Lorsque s'éteignent les lumières du grand monde et que Pierre s'est endormi, Yves s'échappe par la fenêtre de leur chambre pour disparaître dans la nuit, souvenir de sa sexualité inavouée d'autrefois. Il n'a plus peur. Il s'égare alors vers les quais de Seine, un des hauts lieux de drague homosexuelle. Sous les ponts, il se soumet aux ombres masculines qu'il croise furtivement, avant de s'enfuir quand retentit la sirène d'un car de policiers prompts à casser du pédé, encouragés par la loi. Pierre craint pour la réputation d'Yves, le nom Saint Laurent ne doit jamais apparaître sur les fichiers de la préfecture. Une rafle et tout est perdu ; la *café society* apprécie la compagnie des homos, mais jusqu'à un certain point seulement. Il y a des matins où il rentre l'œil tuméfié et la lèvre gonflée, comme à l'époque des passages à tabac de son adolescence. Mais cette fois, c'est lui qui cherche les coups.

IX

Mariage de la nièce. La petite fille est devenue une femme dans l'ombre iconoclaste d'Yves. Sa jolie poupée, le seul membre acceptable de sa famille honnie : « Tous des horreurs sauf maman, elle, c'est un monstre, mais c'est le mien ! » Il le dit en riant de cette complicité implicite qui les lie à propos de leurs mères parfois infréquentables, dont l'une est sa sœur, Brigitte.

La nièce a élu cet homme comme figure paternelle, lui qui en est si éloigné. Il est évident pour les deux qu'il doit, le jour du mariage, incarner le « père de la mariée ». Pour l'occasion, il exauce l'un des rêves de sa nièce : « Quelle robe désires-tu pour te rendre à l'autel ? » Réponse instantanée de la jeune femme : « La robe couleur de temps de *Peau d'Âne*. » Encore une histoire d'inceste. Pourtant, ni l'un ni l'autre ne prêtent attention à ce détail signifiant de leur histoire familiale.

Le jour J, la nièce enfile la robe sous les yeux du maître. Avant de quitter la maison de couture de l'avenue Marceau,

Yves tire de sa poche une boîte bleue pour la remettre d'une main tremblante, baguée de la chevalière aux armes de la famille Mathieu-Saint-Laurent, héritée de Charles : « C'est pour toi, ma chérie, c'est une croix que Catherine de Médicis a commandée et portée. Elle te portera bonheur. » Drôle d'association entre cette reine et le concept de bonheur, mot qu'on étire à l'infini sans savoir ce qu'il signifie vraiment, Yves moins que les autres.

L'église est bondée. Face à l'allée qui mène à l'autel, la mariée dans sa robe en moire bleu Watteau, brodée d'or et de cristaux de roche par les ateliers Lesage, son voile accroché à une couronne de feuilles dorées, se dit : « On ne va pas y arriver. » À son bras, Yves est saoul, il peine à marcher. L'oncle, le parrain, le père de substitution a descendu une bouteille de vodka le temps de l'essayage et du maquillage de la fiancée. Juste après la cérémonie, il entame son ultime cure de désintoxication. Il va survivre dix-huit années sans alcool ni drogue, noyé dans cet ennui qu'il s'était évertué à fuir à travers le travail et les paradis artificiels.

Yves aussi s'est marié, enfin, pacsé car le mariage gay n'existe pas encore. Union *in extremis*. Pas vraiment fringant le fiancé. Même le maire a dû se déplacer à domicile pour acter le contrat, quelques mois seulement avant la perfusion fatale. Pas de cotillons ni de champagne, Pierre Bergé vient d'apprendre qu'Yves est condamné à mort. Au lieu de lui dire, il lui a demandé sa main même s'ils ne vivent plus ensemble depuis trente ans.

Quand Yves se soumet au questionnaire de Proust pour l'émission *Dim Dam Dom*, en 1968, il a encore sa voix claire de jeune homme :

– Quel est votre trait principal de caractère ?

– La volonté.

– Quel est votre plus grand défaut ?

– La timidité.

– Qui auriez-vous aimé être ?

– Un beatnik.

– Quel est votre idéal de bonheur terrestre ?

– Dormir avec les gens que j'aime.

– Quel est votre peintre préféré ?

– Picasso.

– Votre musicien préféré ?

– Bach et les musiciens du XIXe siècle, l'opéra.

– Et dans la vie, vous aimeriez faire quoi maintenant ?

– Ce que j'aimerais faire ? J'aimerais partir, partir pendant très longtemps, sans rien faire. Tout oublier et voir si j'ai envie de revenir faire des robes.

Il a trente ans à peine et déjà il voudrait fuir, mais cette notoriété qui l'excite et l'effraie tout à la fois le retient prisonnier de sa promesse d'adolescent d'être riche et célèbre.

Il ne sera jamais un beatnik, parti sur les routes vivre la jeunesse insouciante dont le destin l'a privé. Yves n'a rien d'un vagabond. Au temps de la conquête de l'Ouest, le terme « *beat* » désignait les hommes misérables venus prêter main-forte à la construction des chemins de fer, à défaut de trouver un travail moins pénible pour se nourrir. En quelque sorte, ils étaient les *caracoles* américains.

En revanche, son dernier souhait a été exaucé. Désormais, il ne fait plus rien. Depuis la fin de la couture, en 2002, Yves s'est enfoncé dans une dépression dont personne ne le distrait. L'ennui domine sa vie. Mort lente d'un homme devenu légende qui fait des allers-retours stériles entre les splendeurs auliques de son mausolée de la rue de Babylone et son bureau de l'avenue Marceau, dans un isolement total et consenti.

La maladie, installée depuis l'adolescence, a définitivement gagné la partie. Seuls quelques fidèles osent désormais franchir le seuil de la maison de couture. Ils le trouvent assis derrière sa table de travail. Devant lui, tout est parfaitement ordonné. Un silence oppressant règne dans le studio, sans aucun désordre créatif. Il est seul avec son chien Moujik IV, dans un décor inchangé, figé comme sous l'effet d'un sort.

À la question « Comment allez-vous ? », la réponse d'Yves est immuable : « Je m'ennuie… » Aveu désespéré, impensable. « Pourquoi ne faites-vous rien pour le théâtre ou l'opéra ? Ou pour le cinéma ? » Yves répond : « Je leur fais peur. » Il s'est identifié au mythe qu'il est devenu. Il ne fait plus peur à personne. Sauf à lui-même. Il pue, non plus la pisse mais la détresse et la solitude. Une sale odeur dont on s'éloigne pour s'en protéger dès qu'elle vient piquer les narines.

Mû par une ambition réparatrice, l'homme est allé au bout de son rêve : devenir une rock-star. Une fois ce but atteint et sans les moyens de s'y maintenir, le désir retombe en flaque, avec la mort pour seul horizon.

Yves a été reconnu maniaco-dépressif. La médecine psychiatrique est désarmée, elle peut traiter sans guérir. Cachets sur ordonnance. Le lithium le calme mais le fait grossir. D'autant plus qu'il se bourre de chocolats pour compenser l'arrêt forcé de la cigarette après son emphysème. Oublié l'homme qui posait nu pour la publicité de son premier parfum masculin, barbu et les cheveux longs, façon Jésus-Christ superstar. À propos de cette photographie de Jean-Loup Sieff, Yves déclare : « Je suis prêt à tout pour me vendre. »

Le bel éphèbe au corps souple et aux traits délicats s'est transformé en vieille baudruche boulimique. Comment demeurer le poète de la mode en suivant ces prescriptions qui l'anesthésient ? La double postulation baudelairienne a chu dans la norme psychiatrique. Plus de fêtes, ni de sexe. Plus de frontières interdites à franchir. Ne demeurent que des murs qu'il ne songe plus à escalader pour s'évader dans la nuit. Talent et inspiration assassinés. Sans désir, Yves devient mort-vivant.

On le croise parfois au Relais Plaza ou au restaurant de l'hôtel Costes. Dans ce décor de cocotte Napoléon III, tassé dans un fauteuil trop bas, il ressemble à un crapaud avec des franges et des pompons autour. Il y dîne souvent avec son homme de compagnie, pour mater un serveur qu'il trouve séduisant. Ne pas chercher à rencontrer son regard naufragé, ne pas le déranger car pour lui ce serait une torture. Il déteste le constat de sa décrépitude physique, lui qui a jugé si durement les femmes, traquant leur moindre défaut physique, n'ayant d'indulgence que pour les belles ou les icônes.

Yves est devenu une vieille idole, une sorte de Norma Desmond qui n'aurait pas encore sombré dans l'oubli. Désormais, ni le cinéma muet ni la haute couture n'évoquent rien à la jeunesse. La rue de Babylone est comme la luxueuse villa de Hollywood Boulevard où vivent reclus Gloria Swanson, dans le rôle du monstre sacré délaissé, avec son majordome-amant et ex-réalisateur, Erich von Stroheim, que personne ne reconnaît plus. Le souvenir des actrices s'éteint moins vite que celui des metteurs en scène. Le souvenir d'Yves survivra quelque temps à celui de Pierre Bergé. Hollywood et l'univers de la mode sont les mêmes fabriques à rêves, soumises à la versatilité du public. Dans ces deux mondes caricaturaux et ingrats se confondent réalité et fiction, la vie et l'illusion. Seule différence entre la star déchue de *Sunset Boulevard* et Yves : celui-ci ne rêve plus d'un come-back. Pour lui, c'est fini et ça lui convient. Au crépuscule de la haute couture, il a voulu être le dernier empereur.

Yves vieillissant est obsédé par ses cheveux qui seuls résistent au temps et aux abus en tout genre. La première fois qu'il les a perdus, c'est sous les coups de rasoir de ses jeunes tortionnaires. La seconde, c'est après l'éviction de Dior et avant la création de sa maison. L'angoisse le frappe d'alopécie en pleine jeunesse. « Je suis chauve ! » Il hurle ces trois mots, coiffé d'une serviette pour dissimuler sa honte. Ils repousseront mais l'obsession capillaire ne le quitte plus.

Questionnaire de Proust :
– Quel serait votre plus grand malheur ?
– Être chauve.
Tout le monde s'esclaffe, on croit à une plaisanterie de sa part. Mais quand le lion perd sa crinière et sa solarité, il peut en crever.

Paris, 1983. La nièce est fière de son oncle, Yves a fait son entrée dans le Larousse : « Saint Laurent (Yves), Oran 1936, couturier français. Il s'est imposé par ses interprétations originales du vêtement quotidien (caban, tailleur-pantalon, etc.), par la rigueur de son style et par son talent de coloriste. » À l'occasion d'un déjeuner, elle partage son enthousiasme d'adolescente. Non sans ironie, Yves lui répond : « Saint Laurent devient enfin un "nom propre" ! »

Le dictionnaire fait office de station d'épuration. Tous les déchets toxiques des générations précédentes, le flot de leurs secrets et les mensonges charriés par le fleuve patronymique seraient désormais amnistiés par la consécration du plus talentueux d'entre eux. Mais toute absolution nécessite pénitence.

On sait toujours quand c'est la première fois, jamais quand il s'agit de la dernière. Le dernier voyage, le dernier roman qu'on aura lu, ou le dernier film qu'on aura vu.

Dernière séance de cinéma : *Cet amour-là*, à la Pagode, à côté de chez lui, rue de Babylone. Marguerite Duras est interprétée par Jeanne Moreau. Il déteste l'actrice après l'avoir adulée, car elle lui renvoie désormais le miroir de sa propre déchéance. Image de Yann Andréa, étudiant fragile et timide, semblable à celui qu'il fut lui-même jadis, en 1954, à l'École de la chambre syndicale de la couture parisienne, près de l'église où retentiront bientôt les applaudissements de sa dernière *standing ovation*… L'alpha et l'oméga de sa vie parisienne.

Dernier opéra, à la Bastille, *Tristan et Yseult*, de Richard Wagner, mis en scène par Peter Sellars, avec les vidéos de Bill Viola. En écoutant l'ouverture de *Tristan*, Yves se souvient sans doute de sa jeunesse, quand avec Pierre ils partaient sur les traces du roi fou de Bavière, mécène de Wagner. Il songe à Louis II, seul dans le théâtre qu'il a fait construire, assistant à la première représentation. Yves est parti à la fin du premier acte, trop fatigué pour rester jusqu'au bout.

Dernier séjour à Marrakech, dans la villa Oasis, sous la surveillance d'un maître d'hôtel qui lui apporte des boissons fraîches – sans alcool, ça lui est interdit. Son corps est brisé, il bouge avec difficulté. Il n'est plus capable de couper sa viande ni de s'habiller seul. Yves reste assis des heures dans le salon rouge, éclairé par un lustre et deux lampes posées sur des guéridons ouvragés. Les murs sont ornés de tableaux orientalistes et de bibliothèques. Seule diversion à sa solitude, sur une télé antédiluvienne il regarde le Tour de France pendant la journée, tandis que, le soir, il s'abrutit devant des émissions bas de gamme qui se répandent sur les difficultés relationnelles, familiales ou amoureuses. Derrière les sarcasmes contre le populaire se cachait un goût de midinette.

À l'extérieur, la luxuriance du jardin Majorelle contraste avec la pénombre de la maison. À travers la fenêtre, il aperçoit la lumière et les reflets bleus des jarres peintes, le rose vif des bougainvilliers et l'ombre des palmes qui voûtent les terrasses couvertes de zelliges verts. Yves se souvient, c'est ici qu'il invitait de jeunes garçons arabes à poser nus.

Une série de dessins érotiques montrent ces hommes harnachés de cuir SM ou d'accessoires du folklore marocain, avec des sexes de belle taille ; il les croquait pendant ou juste après les réjouissances sensuelles qui emmêlaient leurs corps.

Yves a trente-trois ans, il est assis à son bureau, à Marrakech. Sans rien savoir de l'amour qui n'est pas souffrance, sa main dessine à la chaîne des cœurs de toutes les couleurs, enluminés des quatre lettres L, O, V, E. Il trace aussi de larges silhouettes dissimulées sous une djellaba, ou des serpents qui ondulent sur la feuille autour des mots : « J'écris à beaucoup de gens, beaucoup d'amis. Moi qui déteste écrire, j'ai trouvé une manière amusante de le faire. Ce sont plutôt des dessins écrits que des lettres que j'envoie. Je me laisse emporter par cette joie sans limite du stylo-feutre qui dessine sur la feuille blanche et j'écris des dizaines de lettres. Qui ne connaît pas le bonheur de tracer des lignes, des arabesques, des contours colorés, ne connaît rien. Dessiner est une jouissance extrême. »

La graphie est droite, limpide, presque enfantine. La clarté étonne. Ça ne correspond pas à l'idée qu'on se fait de l'écriture d'un homme tourmenté. Les pires fous peuvent avoir des graphies simples et lumineuses, paraît-il. Trente ans plus tard, Yves ne jouit plus. Ses mains qui sont les outils de son talent sont définitivement cassées. Plus de dessins, ni de cœur ni de sexe, plus de mots. Plus d'amis auxquels les adresser, plus de jeunes beautés qui viennent poser.

Marianne aussi écrivait des lettres. La grand-mère adorée par Yves, née en 1891, à Sidi Bel Abbes, et morte à Pau, a subi le viol et l'exil. Aïeule dépressive qui offre des images pieuses à son petit-fils. Au verso, à l'encre bleue, elle trace des mots affectueux : « Pour mon petit ange ». Le plus souvent, ce sont des effigies de la Vierge. Étrange adoration pour Marie dans une famille où la virginité a été maintes fois outragée. Marie qui tombe enceinte sans avoir été pénétrée par un homme, mais par l'Esprit saint. Marie qui ne jouit pas, disent-ils. Il est là, le point commun.

C'est à son autel qu'Yves allume des cierges pour sa rédemption. Le « petit ange » est devenu démon, il part s'encanailler dans les quartiers où les Blancs ne s'aventurent guère. Aux prémices de la puberté, il ne s'agenouille pas sur un prie-Dieu mais devant les bites que lui présentent des hommes, dans le secret des ruelles obscures. Sa grand-mère l'ignore, elle continue à le gaver de bondieuseries.

Un jour, à la fin de sa longue vie, Marianne-la-pieuse a écrit une dernière lettre. Délestée de ses aveux, elle espère gagner le Ciel, celui qu'on lui promet depuis l'enfance. Au recto de l'enveloppe cachetée, cinq mots menaçants : « À lire après ma mort ». Personne n'a osé l'ouvrir, on l'a glissée dans le cercueil. Marianne est enterrée avec sa confession un peu fanée qui pue aux nez des survivants. Elle est la seule à ne pas être incinérée, ça ne collait pas avec la foi qui l'animait. Pour en découvrir le contenu, il faudrait exhumer les ossements et récupérer l'enveloppe, quelque part, dans un cimetière du sud-ouest de la France.

De son écriture appliquée et penchée, elle y a inscrit le nom du père de Lucienne, le nom du violeur. Pièce manquante du puzzle de l'histoire familiale. Carré blanc dans l'arbre généalogique, comme celui qui, à l'époque, apparaissait en bas de l'écran, pour les films interdits aux moins de dix-huit ans. Peut-être était-ce le nom d'un banquier qui se conduisit avec sa jeune belle-sœur comme jadis le père de Platonov avec les serves de son domaine. Plus tard, Renée, sa veuve, a été comme une mère pour l'enfant née de ce crime. Si personne n'a ouvert l'enveloppe, c'est que tout le monde savait.

Au cours d'un déjeuner au Plaza, l'un de ces jeudis qui sont les mercredis d'aujourd'hui pour les écoliers, l'oncle remet à sa nièce une boîte en argent contenant les images reçues de sa grand-mère : « Pour que Marianne te protège à ton tour comme elle m'a protégé. » Avec la naïveté de ses sept ans, la nièce ne met pas en doute les paroles de l'adulte. Dupe de la fabulation, elle est heureuse du présent.

L'oncle est mort. Elle les a conservées, en souvenir de cette arrière-grand-mère qu'elle n'a pas connue mais dont elle porte le prénom.

Pierre Bergé à la nièce d'Yves : « Tu sais, ton oncle ne va pas bien, il est très malade. » Sans mentionner la tumeur au cerveau, il s'adresse à elle comme on parlerait à un enfant alors qu'elle est devenue mère de famille. Pierre apostrophait Yves sur le même ton, surtout avant une interview : « Yves, tiens-toi bien ! Ne bégaie pas. Ne dis pas n'importe quoi. Regarde-moi ! »

La nièce ne veut pas entendre. Après tout, Yves a toujours été « malade », non ? Elle souhaite qu'il demeure à jamais son « oncle-magicien » et rechigne à rendre visite à cet homme qui ne parvient plus à s'exprimer clairement, qui semble confus, diminué, pas seulement physiquement. Lithium, drogues, alcool et intraveineuses quotidiennes d'amphétamines pratiquées par des Dr Feelgood avant les collections ont déjà détruit ses neurones, bien plus que le cancer. Yves est devenu un être triste, ralenti, lointain, abruti, lourd, flasque, somnolent, si loin du trentenaire qui assiste au baptême de la nièce. Hâlé et souriant, il rentre de Marrakech qu'il a découvert depuis peu d'années. Les deux images se télescopent ; difficile de se souvenir que cet homme n'a pas toujours été confiné dans la misérable solitude de sa fin de vie.

Dans la villa que Pierre et lui ont achetée, Yves se plaît à décrire son nouvel éden dans ses carnets. De sa terrasse, il aperçoit des palmiers, des cyprès, le minaret rose de la Koutoubia, et les montagnes enneigées de l'Atlas. Loin du bruit et de la fureur, il est heureux. Il arrive à Marrakech éreinté, il lui faut quelques jours pour se mettre au diapason : « Je sais qu'après une semaine de repos, je vais délicieusement m'enfoncer dans la ville, m'envelopper complètement de son charme étrange et mystérieux, vivre enfin à l'heure marocaine. Chaque pore de ma peau va profiter de cet air léger et gonfler mon être tout entier de cette force miraculeuse faite d'abandon et de nerf à la fois, coup de fouet vigoureux apaisé de caresses subtiles et suaves. Un mélange de douceur et de vigueur, d'ardeur et de tendre mollesse. Une paix sensuelle. »

La vraie joie se sait menacée. Une trêve au cours d'une longue maladie s'appelle une lune de miel. C'est ce que vit Yves dans la ville rose, une trêve joyeuse. Quand il a récupéré de la fatigue parisienne, il s'entoure d'amis comme lors de ce déjeuner, en mars 1970, organisé dans le patio sur des terrasses ensoleillées, près du bassin alimenté par un filet d'eau qui s'échappe d'un bec sculpté avec la sonorité mélancolique d'une berceuse. Autour d'Yves et Pierre, il y a Loulou de La Falaise, Fernando Sanchez, Talitha Getty, et le décorateur Bill Willis. Les hommes sont déguisés avec des vestes brodées de perles et des pantalons berbères – sauf

Pierre –, les filles ont chiné des étoffes et des turbans au souk : « Loulou et Talitha étaient divines, dans des robes de coton imprimé, à la cheville. Comme deux petites filles 1880, un peu perverses. Loulou s'était fait la tête d'un Burne-Jones. » Après le déjeuner, deux amis marocains sont arrivés avec de l'herbe dont ils ont fait des joints : « Fumées dans le ciel bleu de Marrakech, fumées gris perle entourant les visages heureux d'un halo brumeux. Le soleil passe à travers les lattes de la pergola, le thé à la menthe exhale son odeur fraîche, le cuivre du plateau et de la théière éclabousse de lumière le tapis aux rayures délavées. Suspendus entre ciel et terre, nous voguons tous au son d'une pièce de piano de Debussy… »

Yves plane au-delà des conventions de son adolescence, quand il ouvrait à la dérobée les tiroirs et les armoires de sa mère sans oser enfiler un bas, une robe ou une paire de souliers, se contentant de caresser les étoffes et d'y respirer l'odeur de l'absente, effluves voluptueux de santal, de patchouli et de violette du parfum *Vol de nuit* de Guerlain, mêlés à une fine senteur corporelle. Au Maroc, il s'autorise enfin le travestissement.

Quand Yves est en forme, il est capable d'imitations insensées. Un soir de l'année suivante, il improvise une comédie musicale sur New York qu'il nomme « Vicious ». Il se déguise et se maquille pour mimer un chorus de femmes de la mode s'apprêtant à déjeuner au très chic restaurant La

Grenouille : « *To ze frog ! To ze frog !* » Comme toujours, le rire est à charge. Devant Andy Warhol qui filme tout, il se moque de celles qui font son succès financier – clientes et journalistes américaines. Tous ont déjà oublié la belle et riche Talitha, leur muse qui vient de crever, seule et brisée.

Plus tard, encore avec Andy, ils fêtent à Marrakech le succès colossal d'*Opium*. Ils louent deux calèches, l'une pleine de musiciens et l'autre qui les transporte. Pierre regarde en souriant Andy et Yves, défoncés au *majoun*, une confiserie à base de cannabis et de pâte de dattes dont ils viennent de s'empiffrer. À cet instant précis, ils sont hilares et insouciants, le succès, la gloire, les angoisses, la prison dorée, ce n'est plus le propos.

Ce parfum est-il une idée géniale ou le fruit de l'ironie morbide d'Yves qui se consume désormais en cocktails de médicaments et d'alcool ? Helmut Newton photographie Jerry Hall, mannequin célèbre et nouvelle fiancée de Mick Jagger – exit Bianca. Elle pose en odalisque qui s'adonne à l'opium, rue de Babylone, dans le petit salon oriental tapissé de miroirs et de coussins en lamé, sous le regard d'un bouddha indifférent aux jeux troubles et nocturnes qui s'y déroulent. Babylone, c'est « la grande prostituée » de l'Apocalypse, la cité du péché pour Jean, avant que Dieu ne punisse l'hubris des hommes par la destruction.

Après avoir détesté Oran et l'Algérie coloniale, Yves a adoré Marrakech. Le Maroc incarne alors « le plus proche des pays lointains » où l'on peut vivre à la folie. Où il peut vivre sa folie. C'est l'époque qui précède l'avènement des golfs, des casinos et des *resorts*, avant la globalisation du divertissement.

X

L'Algérie est à feu et à sang, mais encore française. Yves s'en fout, il est parisien et célèbre. Le petit pied-noir s'est émancipé. Au fil des six collections qu'il dessine pour Dior jusqu'en 1960, il rompt avec l'élégance bourgeoise de rigueur dans une maison de couture. Malgré le triomphe de son premier défilé en 1957, les trois cerbères n'ont pas lâché l'affaire, surtout la directrice du studio qui lui tient tête et le houspille comme un gamin récalcitrant. Yves rêve de s'affranchir de leur tutelle et n'écoute aucun conseil. Sûr de ses créations, il ne supporte pas que l'on s'immisce dans son travail. Pierre Bergé, dont l'omniprésence chez Dior et les exigences agacent, l'encourage dans ce sens. Ni l'un ni l'autre ne pressentent l'animosité qui gronde.

En 1960, Yves dessine la collection « Beat ». Blouson de cuir et col roulé. La direction n'est pas prête pour ce souffle de modernité. Le vent tourne pour le petit prince de la couture. Il y a la mode, et il y a la guerre. Celle d'Algérie. Yves, protégé par son statut et ses succès chez Dior, repousse son enrôlement. Avec Pierre, ils partent début août à Salzbourg. Vacances de mélomanes. Jours heureux, déjeuners au bord des lacs, escapades en Bavière. Souvenirs de musique. Ils assistent, émerveillés, à la représentation du *Trouvère* dirigé par Karajan.

Plus le temps passe, plus les relations se dégradent au sein de la société. Il aurait suffi d'un geste de Marcel Boussac, le propriétaire de Dior, pour obtenir un nouveau sursis. Personne ne lève le petit doigt. Certainement pas Jacques Rouet qui a compris que son protégé ne partageait pas son attachement pour l'Algérie française au point de rejoindre les rangs. On laisse le scandale prendre de l'ampleur dans la presse.

Le contexte est celui d'une guerre civile qui ne dit pas son nom. Dans une France qui voit ses enfants tués pour une cause que ceux de métropole sont de plus en plus nombreux à réfuter, Yves est perçu comme un planqué. L'opinion publique le condamne : pourquoi échapperait-il au service alors que leurs fils, leurs frères vont se battre ? Pour faire des robes ? Irrecevable. L'Algérie française qu'il hait rattrape Yves alors qu'il ne s'y attend pas. Il n'a pas le choix, il doit partir et quitter cette vie qui le grise au point de s'aveugler sur son pouvoir réel. Chez Dior, on n'est pas mécontent de se débarrasser du jeune couturier qui se croit tout permis depuis qu'il est sous l'influence de son nouveau mentor. Yves a osé réclamer une voiture avec chauffeur, comme Christian Dior. Ça ne passe pas.

Le 1er septembre 1960, il est incorporé. Pas question pour lui de suivre les traces de son bisaïeul légionnaire. Yves veut être réformé à n'importe quel prix, quitte à passer des semaines terribles enfermé au Val-de-Grâce. Il parvient à être libéré de ses obligations militaires pour dépression nerveuse.

Grâce à son internement il échappe à l'appel, mais pas à ce qu'il considère être une trahison de la part de Dior qui ne le soutient plus. Depuis deux ans, la direction a gardé un œil sur Marc Bohan. Boussac signe avec lui un nouveau contrat. En octobre 1960, il devient le directeur du studio à la place d'Yves auquel on propose de quitter l'avenue Montaigne pour appliquer sa modernité « Beat » au prêt-à-porter, à Londres. Sentiment de déclassement et vexation suprême pour le jeune homme hospitalisé qui refuse en pleurant de rage. Il apprend son licenciement juste avant de quitter le Val-de-Grâce. À l'instar de ses humiliations de jeunesse, la honte et la colère le galvanisent. Jusqu'à présent, Yves a toujours obtenu ce qu'il voulait. Davantage manipulateur que victime, même assommé de tranquillisants, il déclare à Pierre : « Nous allons créer une maison de couture, je dessine et tu la diriges. »

Pierre est au chevet d'Yves. Seule Lucienne parvient à venir d'Algérie pour voir son fils, fin septembre. Choquée de le découvrir enfermé chez les « fous », elle tente de convaincre le général dont il dépend de le libérer, mais cette fois son charme n'opère pas. Elle repart à Oran sans avoir rien pu faire d'autre que quelques achats.

En Algérie, c'est le chaos. L'OAS assassine à tour de bras tandis que Charles de Gaulle se prononce pour la République algérienne. Au même moment, le « Manifeste des 121 » est publié, déclaration sur le droit à l'insoumission dans la guerre d'Algérie, et Boris Vian chante *Le Déserteur*. Quand on gratte le palimpseste sur lequel est écrite l'histoire d'un homme, toujours apparaît un peu du texte effacé de l'histoire du monde.

Yves sort en novembre, il pèse à peine une quarantaine de kilos. Pierre l'emmène en vacances se reposer loin de tout ce bruit. À leur retour, Bergé intente un procès à Dior pour licenciement abusif. Contre toute attente, il remporte une importante indemnité qui va constituer le socle financier de leur future société.

En 1961, Pierre loue un deux-pièces dans le VIIIe arrondissement, rue La Boétie. Dans ces bureaux minuscules, Victoire, mannequin vedette, est propulsée directrice de la couture, et sa mère coud. La rupture de rythme avec Dior est violente. Désœuvré, Yves bricole. Il dessine quelques costumes de cabaret pour Zizi Jeanmaire, des robes pour Victoire qui vient d'épouser Roger Thérond, le patron du puissant hebdomadaire *Paris Match*. Pierre a beau le harceler,

« Secoue-toi ! », quand ils sont seuls, Yves craque : « Je suis fini ! »

L'été suivant, en vacances avec Pierre et Victoire, il s'ouvre les veines dans la salle de bains d'un hôtel, sur une île espagnole. Première tentative de suicide. Avortée.

Inquiète de l'avoir trouvé dans cet état, Victoire a l'idée d'un stratagème pour relancer la machine. Elle convainc son mari de faire un reportage bidon sur la « nouvelle collection » d'Yves Saint Laurent, encore inexistante faute de moyens et de clientes. On met en scène les quelques modèles qui ont été réalisés. Grâce à cette parution, Yves renoue avec la presse grand public. La profession n'est pas dupe, tous se moquent de Saint Laurent.

C'est insuffisant, Pierre Bergé repart en quête de financements auprès de ses relations du grand monde. Personne n'y croit assez pour le suivre. Pas même le banquier Guy de Rothschild dont l'épouse, Marie-Hélène, est leur amie. Il finit par obtenir un million de dollars d'un milliardaire américain. Avec cette somme et les dommages-intérêts versés par Dior, la maison de couture Yves Saint Laurent est finalement créée en décembre 1961.

Une nouvelle aventure commence. Il ne manque plus qu'un écrin et un sigle. Cassandre dessine les trois lettres YSL. Yves choisit l'ancien atelier du peintre Forain, dans le XVIe arrondissement, à cause d'une carte à jouer : « Ma carte préférée est le 10 de trèfle. C'est la seule carte qui traînait dans la cave du 30 bis, rue Spontini lorsque j'ai visité l'immeuble pour en faire ma maison de couture. Le 10 de trèfle, carte de chance et d'argent. Le trèfle, carte du succès. J'ai ramassé cette carte et depuis elle ne me quitte plus. J'aime aussi beaucoup l'as de trèfle et l'as de cœur. Si on retourne l'as de cœur, c'est une bouche. Une belle bouche rouge, bien charnue, dévoreuse, sensuelle, amoureuse. » Le sexe, l'argent et la superstition, trilogie Saint Laurent.

Le 28 janvier 1962 au soir, les robes arrivent rue Spontini où les travaux se terminent in extremis. Le lendemain, le défilé, attendu par le monde de la mode et un public trié sur le volet, est un demi-succès. La partie est loin d'être gagnée. Parmi les invités : la duchesse de Windsor, Lee Radziwill, la comtesse de Paris, Hélène Rochas, Geneviève Fath, Françoise Sagan, Zizi Jeanmaire et Roland Petit, la milliardaire américaine Nan Kempner, la baronne de Rothschild… À l'issue du défilé, Yves descend les marches de l'escalier de la rue Spontini pour saluer sous les applaudissements. Ces ovations sont autant de déclarations d'amour qui l'éloignent momentanément de la souffrance qui l'accable parfois.

Cette fois-ci, Lucienne a été conviée. Yves lui recommande : « Ne fais pas la pied-noir ! » Pour ne pas déplaire à son fils, la mère s'exprime par ellipses. Elle ne termine jamais ses phrases, craignant de prononcer des paroles qui n'iraient pas dans le sens du discours officiel ou d'être trahie par son accent. Exit la Lulu d'Oran, elle est désormais la mère d'Yves Saint Laurent, le jeune prodige que le monde entier épie : le « petit prince de la mode » *is back or not* ?

Yves n'en a pas encore terminé avec l'Algérie. Cinq mois plus tard, juillet 1962 marque la fin de la guerre. C'est le retour douloureux et honteux des rapatriés. Jusqu'au dernier moment ils y ont cru, notamment à cause de l'accélération des actions terroristes fomentées par l'armée secrète contre l'indépendance. Comme la plupart des pieds-noirs, la famille d'Yves n'a rien vu venir. Chez les Mathieu-Saint-Laurent, on fricote même avec l'OAS. Le père cache des armes dans le garage. Brigitte, la jeune sœur d'Yves, n'a que quinze ans, elle s'est engagée et porte des messages. Elle entretient une liaison avec l'un des nombreux chefs autoproclamés, de vingt ans son aîné. À l'issue du conflit, l'amant est condamné à mort par contumace et ne peut rejoindre la France métropolitaine, elle s'enfuit avec lui en Espagne.

Désormais célèbre, Yves est soucieux d'éviter de possibles scandales. Encore marqué par l'épisode cuisant lié à son refus de se battre en Algérie, il somme sa jeune sœur de rejoindre un pensionnat en Suisse ou de se marier. Elle choisit le mariage qui a lieu à Séville. Le reste de la famille débarque en France sans un sou.

Yves, rattrapé brutalement par ce dénouement historique, déteste les contretemps. Or, c'en est un, majeur. Sans parler de la gêne qu'il éprouve à cause de ce père qui parle trop fort avec son accent prononcé, dans une France réticente à accueillir des rapatriés qui pourraient leur ôter le pain de la bouche. L'époque est rancunière, beaucoup d'hommes sont morts pour rien. Quant à Pierre Bergé, marqué par son engagement de jeune militant communiste, il éprouve une haine viscérale à l'égard de tous ceux qui n'ont pas soutenu l'indépendance du peuple algérien. Il exècre la famille d'Yves, aux antipodes de ses convictions. Seule Lucienne surnage dans les eaux troubles de cette détestation réciproque. Impossible pour Yves de laisser tomber sa mère, Pierre qui a lui-même une relation inextricable avec la sienne s'incline.

Lulu d'Oran emménage, aux frais de son fils, dans un rez-de-chaussée, 44, rue Nicolo, dans le XVIe arrondissement, d'où elle peut se rendre à pied à la nouvelle maison de couture, avec sa vieille bâtarde, Bribri – qui donne à sa chienne le nom de sa propre fille, Brigitte ? Elle sera vite remplacée par un pékinois, accessoire plus chic. Quant au reste de la famille, qu'ils se débrouillent ! La fin de la guerre a fait voler les apparences, le couple que forment Lucienne et Charles se sépare. Le père d'Yves part se retirer dans le sud de la France. Chacun a trouvé une place, bonne ou mauvaise. L'aventure YSL peut continuer. Avec ses hauts, et ses bas surtout.

Gouffres, abîmes d'angoisse. D'où vient la folie d'Yves ? De la lignée maternelle ou bien des trous dans l'arbre généalogique ? Le lien entre folie et créativité, désormais avéré par la science, s'inscrit dans la parenté. Il existe un gène de la vulnérabilité dont le porteur voit s'accroître la probabilité de développer une force créatrice, mais au risque de s'y perdre. Les dérives psychiques sont le prix que le génie doit payer.

Marianne, la grand-mère, était dépressive. Marie Müller et Lucienne étaient froides et déterminées, par la force des choses. Toutes enfermées dans un purgatoire, entre enfer et paradis. Camisole psychique. Yves adorait sa grand-mère. « Il », l'ingénieur, « le porc », le père officiel et incestueux de la petite Lulu, a fini par mourir d'une crise cardiaque. Les deux veuves, Maria l'Espagnole et sa fille Marianne, ont rejoint Oran. En berçant son petit-fils, elle a retrouvé quelque chose de perdu à la naissance de Lulu. C'est auprès d'elles qu'Yves a reçu ce dont sa mère le privait. Lucienne le brandissait comme un trophée dès qu'il y avait un auditoire, des réunions familiales où l'on exhibe le fils, ou une séance de photographies programmée. Le reste du temps, c'était la bonne et Marianne qui prodiguaient à l'enfant les gestes de tendresse qui lui permirent de vivre ses premières années dans un certain confort affectif. La douceur est ibérique. Rien à l'Est.

XI

Trois ans avant la mort de Charles, le père, Yves Saint Laurent est fait chevalier de la Légion d'honneur par François Mitterrand, le 12 mars 1985. Yves-le-réformé songe-t-il en cet instant à l'époux de Maria l'Espagnole, son aïeul légionnaire décoré pour faits d'armes ? Il s'est battu pour la conquête de l'Algérie, il a été récompensé pour avoir tué son contingent d'Arabes. À sa façon, chacun a œuvré pour la grandeur de la France. L'un en déployant des rouleaux de tissu dans le studio d'une maison de couture parisienne, le second en versant le sang d'autres hommes pour conquérir leurs terres.

C'est l'occasion de la première réunion familiale complète depuis le dernier séjour d'Yves à Oran, en décembre 1957, quand il était revenu préparer sa collection pour Dior. Une trentaine d'années que le père, la mère et les trois enfants ne s'étaient plus rassemblés. Après le déjeuner, les femmes restent dans la bibliothèque où le café est servi. Profitant d'une éclaircie, Yves et Charles sortent dans le jardin avec les chiens.

Soudain ému, Charles s'arrête dans l'allée et se tourne vers son fils en souriant. Il pose une main sur son épaule : « Comme tu es beau avec ce ruban rouge ! » Quelques mots, une attitude, un geste suffisent à ébranler les croyances du fils. Une émotion terrible lui serre la gorge, Yves s'effondre en larmes dans les bras de son père :

« Papa, tu sais ce que je suis. Tu aurais peut-être préféré que je sois un vrai garçon, capable de te donner une descendance qui perpétue le nom.

– Mais enfin, mon chéri, ça n'a aucune importance ! »

Pas une fois ils n'en avaient parlé. Yves comprend que Charles Mathieu-Saint-Laurent ne lui a jamais tenu rigueur de son homosexualité, il était au courant depuis toujours. À quoi servent les paroles en retard, sinon à creuser la tombe des regrets et des remords ? Entre le père et le fils, il n'y eut que malentendus, jamais de rencontre.

Toute sa vie, Yves a vécu tourmenté par ce questionnement : être ou n'être pas un *vrai* garçon, intoxiqué par le contexte fondateur d'une jeunesse coloniale. Malgré Pierre, malgré la liberté sexuelle des années 1970, il n'a pu vraiment s'en libérer.

Dans la salle à manger de la rue de Babylone, ils n'ont plus grand-chose à se dire. Bruits de mastication, chocs des verres en cristal et des couverts en vermeil reposés directement sur le marbre beige veiné de blanc, ronflements du chien et pets du maître. Quand Yves pète, par déférence ou indifférence l'entourage retient sa réaction. À force, il doit penser que personne n'entend. Loulou de La Falaise est la seule à oser s'émouvoir quand ça arrive au studio de création : « Ne te gêne pas, surtout ! » L'atmosphère se détend aussitôt et tous rient, une fois qu'Yves a donné le signal en s'esclaffant comme un enfant surpris.

La nièce ne réagit pas. La paire de lions en laiton contemple leur silence. Chaises rococo du XVIIIe en bois doré, miroirs Louis XV, lustre en bronze et cristal de roche, tapisserie des Gobelins d'époque Louis XIV représentant un roi dans un palanquin porté par deux Maures… La luxuriance du décor contraste avec la pauvreté de l'échange.

Elle observe les détails de la scénographie. Aucun objet ne doit être déplacé. Son oncle est rassuré par l'ordonnancement millimétrique de ce foisonnement muséal, il entretient avec la beauté un rapport de familiarité. L'œil s'arrête sur un éphèbe en bronze, posé sur un socle de marbre. Elle se remémore leur jeu fétiche, désormais indispensable pour combler les blancs d'une conversation décousue.

« Si tu étais un socle ?

– Le socle du *David* de Michel-Ange. »

L'acmé de l'existence d'Yves : se faire piétiner par un nu colossal en marbre de Carrare de quatre mètres de haut.

N'être presque rien, un grain de blé foulé par la beauté. Mais aussi, être le piédestal qui révèle cette beauté.

Un socle, c'est également ce sur quoi on s'appuie, sur qui on peut compter. Un père ?

Le 8 novembre 1988, Brigitte-la-bâtarde, la sœur honnie, appelle rue de Babylone. On ne lui passe pas son frère – jamais –, le maître d'hôtel prend le message : « Notre père vient de mourir à Monaco. » Le domestique la rappelle : « M. Saint Laurent arrive avec son avion. Veuillez venir le chercher à Nice. »

Quand ils rejoignent le funérarium, le cercueil est ouvert. Yves pousse un cri : « Papa ! » Mais il est trop tard. Le fils se penche sur le corps du père, il rectifie la pochette de soie glissée dans la poche de son costume. Il trouve le cadavre « mince et élégant ». Mort, Charles est soudain paré de toutes les grâces : « Regardez ses mains, comme elles sont belles ! On les dirait peintes par Greco. » De son vivant, Yves le surnommait « le cacatoès » à cause de son rire tonitruant et de son goût pour la vie aussi criard que les couleurs des plumes du perroquet.

Lucienne : « Il était tellement fier de toi… »

Yves : « Je sais, même si la mode ne l'intéressait pas. J'étais un dieu pour lui. »

Les obsèques de Charles se déroulent dans la plus stricte intimité. La mère et ses trois enfants, Yves, Brigitte et

Michèle, sont réunis. Il fallait un tel événement pour qu'ils se retrouvent. L'occasion est inespérée. Après l'incinération, Lucienne passe – partiellement – aux aveux. Elle confesse que son père n'est pas son père mais s'abstient de raconter le reste. Pas de viol, ni d'abandon, encore moins d'inceste. À la place, elle leur sert la fable d'un légionnaire marié à une folle qu'il n'a pu quitter pour la jeune Marianne dont il aurait pourtant été fou amoureux. En s'inventant un père, Lucienne s'est rêvée enfant de l'amour. Elle a menti, inspirée par la chanson de Piaf : « Il était beau mon légionnaire, il sentait bon le sable chaud… » Le légionnaire, icône gay pour faire plaisir à Yves et surtout ne pas entacher l'image de sa grand-mère adorée. Le terme de bâtarde n'a jamais été prononcé.

Aucun des membres de la fratrie, tous âgés de plus de cinquante ans le jour de l'aveu, n'a songé à mettre en doute le conte que Lucienne vient de leur servir. Dans l'Algérie française de la fin des années 1910, jamais une jeune fille de dix-sept ans, élevée dans un pensionnat strict et surveillée par une mère intransigeante, n'aurait accordé sa virginité à un homme marié. On accrochait encore aux fenêtres des maisons les draps tachés de sang pour prouver la pureté de la jeune épousée. Trop fragiles pour affronter le réel, et par habitude du déni, ils ont choisi de croire à la version maternelle. Rares sont ceux pour lesquels ne coexistent pas deux vérités : une vérité imbibée des exigences du présent, une autre, refoulée, gisant au fond de la conscience.

Il y a un mot pour ça : affabuler. Dans une scène mémorable des *Choses de la vie*, Romy Schneider tape une traduction à la machine. C'est le matin, elle sort de sa douche, son corps est encore enroulé dans une serviette de bain, ses cheveux relevés. Elle demande à Michel Piccoli, son amant :

« Dis-moi, quel est le mot français pour mentir ? Enfin, pas mentir, raconter des histoires. En allemand, c'est *verschönen*. Ça veut dire mentir mais quand on invente.

– Affabuler.

– C'est ça, affabuler. A-FA-BU-LER.

– Avec deux F. »

Parfois, il faut laisser faire semblant ceux qui ont besoin de se reposer de souffrir. Brigitte, la cadette, à qui les demi-sœurs jalouses et malveillantes de Lucienne avaient brutalement révélé à treize ans que Charles n'était pas son père ni celui d'Yves, repart avec l'urne qu'elle gardera des années dans sa chambre, comme un démenti à la méchanceté de ses tantes. Elle contient les cendres d'un homme qui, s'il n'était pas leur père, les aima comme tel, parfois maladroitement.

Il n'y a pas d'utilité à aimer ou détester ses morts. Pourtant, les vivants ne peuvent s'empêcher de les évoquer ; ils les aiment ou les détestent parce que seuls l'amour et la haine transcendent le temps et la mort. Désormais, Yves pleure un cadavre qu'il méprisait de son vivant.

Si chaque famille entretient ses petits arrangements avec la réalité, ce qui ne peut se dire ni se penser n'est pas perdu pour autant ; la matière enfouie peut à tout moment ressurgir. Oubli et mémoire sont les variables d'une même fonction, héréditaire et ambiguë, dont on aimerait savoir, au fond, ce qui détermine ce qu'il faut retenir ou écarter. Les sœurs, le père, la mère, la grand-mère, la grand-tante et l'arrière-grand-mère sont les pièces du puzzle d'Yves. Et ces questions lancinantes, obsédantes comme la mélopée d'*India Song* qui ne cesse de hanter ceux qui l'ont entendue une seule fois : de quoi Yves est-il le fils ? D'où vient la folie ?

Abscisse sans ordonnée, Yves flotte sur le plan généalogique, à jamais infixé. Il se tient à la lisière de la démence, à peine en deçà, sur le point de s'y engouffrer.

« Je suis un paria ! » Souvent, au cours de ses crises, Yves prononce ce mot. Sans le savoir, il reprend le terme choisi par Marianne, sa grand-mère. Le paria est celui qui est hors caste. Sans appartenance. Celui dont le contact est une souillure. Un intouchable. Il y a quelque chose de christique dans cet aveu. Parfois, Yves se prend pour le Christ dont le père n'existe pas non plus, sinon en une entité abstraite, selon qu'on y croit ou pas. À d'autres moments, il devient tyrannique, dénué de mansuétude à l'égard de ses semblables.

Martyr ou despote ? Ce qui lui plaisait le plus dans cette histoire, c'est le calvaire. La crucifixion. Rien de sacrificiel, seulement un goût prononcé pour le masochisme. Au fil du temps, il a constitué une collection affolante de crucifix et de croix. Les dévots indiens boivent et s'aspergent de l'urine des vaches sacrées pour se purifier, Yves se fait pisser dessus par des pompiers. Ablutions urineuses pour un sacrement qui l'introduit enfin dans une communauté. Baptême sans repentir, il ignore la miséricorde.

Questionnaire de Proust :
– Quelle qualité préférez-vous chez un homme ?
– L'indulgence.
– Et chez une femme ?
– La même chose.

Rien n'est plus éloigné d'Yves que l'indulgence, à commencer par celle qu'il ne s'octroie pas. Pour autant, est-il entouré d'êtres bienveillants ? Pierre Bergé, certainement pas. Sa mère, elle lui pardonne toutes les humiliations, par intérêt. Ses chiens, peut-être ?

Le seul être qui aurait pu porter sur lui un regard humain est mort. Depuis deux ans, Yves s'affaisse doucement. Le décès de son père intervient au moment où Pierre Bergé a moins de temps à lui consacrer : Mitterrand entame son second mandat et le nomme président des Opéras de Paris pour le remercier de son soutien financier.

En mars 1990, Yves est en perdition, il refuse de rentrer de Marrakech où il s'est réfugié après l'incendie qui a ravagé sa chambre, au premier étage, à Paris. Toutes ses photographies, ses lettres, ses porte-bonheur ont été réduits en cendres. Soudain, le vide. C'était à la fin de la soirée qu'il a donnée à Babylone pour fêter le triomphe de sa dernière collection, peut-être la plus émouvante et la plus aboutie. Sa force lui permet de plonger dans l'abîme et d'en remonter chargé des fruits de l'inspiration qu'il est allé y puiser. Il a dessiné des modèles somptueux pour rendre des hommages. À Marilyn Monroe ou à Marcel Proust. À Callas et à Sagan. À Christian Dior, aussi. Rien pour Charles, son père.

Deux ans après Talitha Getty, une autre femme est morte seule à Rome, dans les années 1970. Ingeborg Bachmann fume comme un pompier. La cendre de ses cigarettes salit régulièrement ses pages d'écriture. Elle a le même geste qu'Yves quand il balaie du dos de la main celle qui tombe sur un dessin. Comme lui, elle fume au lit, avant de s'endormir. Une nuit, elle vient de s'assoupir, un mégot lui échappe des mains. Il enflamme les draps ; la couche devient bûcher. Yves a eu plus de chance, il n'a perdu que ses souvenirs. Il ne connaît ni Ingeborg ni le poète suicidé qu'elle pleure sans larmes, ce n'est pas de cette souffrance-là qu'il se nourrit. Le mal-être proustien est son élément ; on y joue la sonate de Vinteuil, bien loin de la musique de douleur des vers de Paul Celan.

Telle la salamandre mythique, Yves prend des bains de feu. Mais un jour, il y a deux siècles, un savant s'aperçut que l'animal réputé ignifuge ne l'était pas. Lui aussi a fini par se brûler. À l'ombre des hauts palmiers marocains, il engloutit chaque jour des litres de whisky et fume plus de cent cigarettes. Les araignées qui ne hantaient que ses nuits sont désormais omniprésentes le jour. Elles se cachent sous les meubles, tissant la toile invisible qui paralyse le corps et la tête. À l'ombre d'Arachné, le féminin le tue à petit feu. Le père est mort, quelque chose de l'ordre du jamais vécu avec la mère refait surface pour l'engloutir.

Yves descend si bas qu'il touche à nouveau les origines de l'humiliation. Il fait venir des jeunes Arabes croisés dans la médina. Un soir, il exige d'eux qu'ils lui rasent le crâne. Revivre « ça », en étant celui qui l'ordonne. Quand il aperçoit son reflet, il se met à rire. Un rire de fou, un rire de douleur comme un cri. Terrifiés, les jeunes s'enfuient. Yves reste seul avec ce feu mental qui le dévore. Pierre ne peut pas le rejoindre, dans quelques jours l'Opéra de la Bastille ouvre au public avec *Les Troyens* de Berlioz. Il ne veut pas manquer ce moment, c'est enfin son heure de gloire.

Yves est rapatrié et interné de force. « Assassins ! Assassins ! » : ses hurlements sans écho meurent sous les assauts des neuroleptiques. Il reste incarcéré un mois dans une unité de soins psychiatriques. À la fin des années 1930, deux médecins italiens observent l'effet calmant de l'électrisation sur les porcs menés à l'abattoir pour y être égorgés, avant d'expérimenter cette méthode sur leurs patients. Ressouvenance des électrochocs du Val-de-Grâce, trente ans plus tôt, pratiqués sans anesthésie : Yves pleure de peur. Même les rois ne réchappent à la logique de perte et de mutilation psychique, il leur arrive parfois de perdre leur royaume. Ou la tête. Sa mémoire est en lambeaux.

Pierre a redouté la folie d'Yves et ses accès de violence inouïs qui dévastent tout. Cet effroi, il l'a longtemps gardé pour lui seul, contraint par la responsabilité de maintenir à flot leurs intérêts communs qui auraient été malmenés si le reste du monde avait su. Yves a voulu la destruction de son compagnon, c'était une façon de lui prouver son attachement. Il y avait les piques incessantes pour l'agacer, comme parler de lui en sa présence en disant « Elle ». Et la démence meurtrière. Pierre a quitté la rue de Babylone un jour où Yves a manqué de le tuer en le frappant avec une sculpture. La nuit, quand ils vivaient encore ensemble, Pierre s'enfermait dans sa chambre, par crainte que l'autre, en plein délire psychotique, ne vienne le massacrer dans son sommeil.

La même année, un second internement de trois mois parvient à dompter les crises maniaques ; électrochocs et médicaments ont tout atténué jusqu'à l'extinction. Sauf la folie dont on ne guérit pas, ce n'est pas une maladie.

XII

La nièce rejoint l'oncle, à la maison de couture, avenue Marceau. Elle a besoin d'une robe.

« Des amis donnent un bal, à l'Opéra.

– Je me souviens du premier auquel j'ai participé, c'était à l'hôtel Lambert. J'étais si jeune, je débutais chez Dior. Alexis de Redé voulait quelqu'un pour concevoir le décor et les costumes de son bal des Têtes. C'était éblouissant… Après, il y a eu le bal Oriental. Cette fois, j'étais invité. Mais le plus beau, c'est celui de Marie-Hélène de Rothschild, au château de Ferrières, le bal Proust… »

L'oncle s'éclipse un instant hors du présent, vers ce *Temps retrouvé* qu'il n'a jamais lu mais dont il sait, d'instinct, le tombé de la robe de Sidonie, princesse de Guermantes, et le bruit que fait l'étoffe quand elle virevolte. La nièce respecte son rythme singulier, elle attend qu'il reprenne :

« Quel est le thème ?

– Sissi impératrice. »

Ça ne lui plaît pas, elle le voit à sa moue, la bouche qui se tord dans tous les sens, la tête penchée, le regard qui fuit. Hors de ses crises maniaques, ceux qui connaissent bien Yves savent interpréter ses mimiques, didascalies de ses dégoûts. Elle se garde bien de rappeler qu'il lui avait acheté, dans la boutique du château de Neuschwanstein, une photo de Sissi et un cygne en biscuit. En de telles circonstances, l'autorité despotique d'Yves n'apparaît jamais, toujours démentie par une politesse excessive et le calme affecté de sa voix. La sentence tombe, implacable bien que rendue avec cette inquiétante douceur : « Ma chérie, oublie Sissi. Tu n'as plus l'âge de jouer les jeunes Bavaroises à crinoline. Pense Élisabeth d'Autriche. »

Elle sait l'image qu'il a en tête, celle de Romy Schneider dans *Ludwig – Le crépuscule des dieux*, de Luchino Visconti. Œuvre fiévreuse, flamboyante, sur le déclin et la folie d'un roi. L'âme trouble de Louis II est proche de la sienne : « J'aime les délires mortels. J'aime Visconti et les époques troubles… La décadence m'attire. Elle amorce un monde nouveau, et pour moi, le combat d'une société prise entre la vie et la mort est absolument magnifique à observer. »

Dans le film, Helmut Berger dont la beauté émeut Yves et Pierre interprète le roi de Bavière qui entretient une complicité platonique avec sa cousine l'impératrice. Une scène les montre tous les deux chevauchant à travers les collines, elle est en tenue d'amazone.

L'oncle adapte pour sa nièce le costume d'écuyère, sans oublier la voilette, ni la cravache. Au bal, elle détonne avec sa longue jupe noire. Fleur vénéneuse égarée dans un champ de corolles multicolores qui tournoient au son des valses, elle est déguisée en femme fatale. Se déguiser signifie revêtir un costume d'emprunt appartenant à un personnage imaginaire et se rendre méconnaissable. La tenue est sublime, pourtant elle n'est pas à l'aise. C'est elle qui n'est pas adaptée au rôle. Car se déguiser, c'est aussi s'accoutrer d'un vêtement qui ne convient pas. Elle n'est plus la nièce de son oncle mais objet du fantasme de Saint Laurent. Tout le monde la félicite, elle fait comme Lucienne, sa grand-mère, elle acquiesce : « Oui, c'est formidable ! »

Là, réside une des grandes forces d'Yves, amener l'autre à suivre une voie qui ne lui convient pas, avec la conviction implicite que ne pas le faire serait le trahir. Trahir Yves, quand il est dans une phase de séduction, reviendrait à trahir un enfant. Alors elle joue à la femme fatale qu'elle n'est pas, pour ne pas lui déplaire. Impossible d'être proche d'Yves sans subir une forme de chantage affectif.

Questionnaire de Proust :

– Pour quelles fautes avez-vous le plus d'indulgence ?

– La trahison.

Mensonge. Avec son narcissisme meurtri, le moindre signe d'indépendance de l'autre est vécu par Yves de manière dévastatrice, comme une infidélité.

Yves n'est inspiré que par les femmes fatales, les ingénues ne lui disent rien. Greta Garbo revêtue d'un pardessus d'homme, Marlène Dietrich en smoking noir et nœud papillon blanc. Il aime le cinéma et les actrices, pas n'importe lesquelles. Romy a évolué depuis la trilogie sirupeuse des *Sissi*, elle incarne désormais la grâce meurtrie de ceux qui savent que tout est perdu. Pour incarner Lily, la putain amoureuse de *Max et les ferrailleurs*, Yves lui dessine des robes trop décolletées en satin brillant et un trench-coat en vinyle noir.

Dans *La Sirène du Mississippi*, le film où Truffaut tombe fou amoureux de son actrice principale, un couple en cavale s'arrête dans une ville de province, à la lisière des Alpes. En passant devant la vitrine d'une boutique de prêt-à-porter, Catherine Deneuve repère un manteau, elle le veut, tout de suite. Jean-Paul Belmondo cède à son caprice comme à tous les précédents car elle incarne la séductrice qui le fait courir à sa perte. En soie et en velours frappé marron, bordé de plumes aux extrémités, ce vêtement raffiné apparaît incongru dans le paysage de montagnes et les circonstances dramatiques. Les plumes encadrent avec délicatesse le visage diaphane de l'actrice et ses cheveux blonds coiffés en chignon. Les dernières images du film montrent deux fugitifs qui grimpent vers la forêt dans l'ignorance de leur destin, sans bagages ni argent, mais avec un manteau haute couture griffé Saint Laurent. Le tournage a lieu en 1968.

En opposition avec la vague de liberté qui soulève alors la jeunesse mondiale, Yves ose déclarer : « Une femme élégante, c'est une femme séduisante qui s'habille pour les hommes. » Ou encore : « Une femme ne devient émouvante qu'à partir du moment où elle commence à tricher et où l'artifice commence à jouer. » Incapable de comprendre à quel point la séduction est douloureuse, Yves s'est construit d'après un modèle unique et toxique, Lucienne. Dans cette lignée féminine, l'apparence domine. Aucune n'a connu la grâce de l'amour, ni les mères ni leurs enfants, mais certaines furent parées de riches atours.

Toutes très minces. Maigres. Anorexiques. Des personnages sans chair.

« Il y a toujours eu en moi cet amour et l'impossibilité de les aimer » : l'homme qui aimait si mal les femmes a plongé dans la boulimie alors qu'il exigeait qu'autour de lui on s'affamât. La misogynie d'Yves va jusqu'à se foutre des troubles alimentaires de ses proches ou de ses clientes à partir du moment où cela leur permet de conserver une taille 36. Sa préférée est une Américaine, *Never too rich never too thin type*. Elle a fini par en crever.

Que fait-on des autres corps, ceux qui n'entrent pas dans les canons trop étroits de cette esthétique de la flagellation ?

Que faire d'une Marguerite Yourcenar, première femme à entrer à l'Académie française dont il faut dessiner l'habit ? Elle ne fait pas partie des icônes qu'il vénère, contrairement à une autre Marguerite qui contemple la Manche depuis sa fenêtre des Roches Noires, dans l'espoir d'une silhouette, celle d'Anne-Marie Stretter déambulant sur la grève en robe du soir… Mais Trouville n'est pas le delta du Gange, certains fantômes esthétiques finissent par s'évanouir. Pour Delphine Seyrig qui l'incarne dans *India Song*, Yves a dessiné un long fourreau de satin rouge, à peine retenu par deux fines bretelles de strass croisées sur la poitrine. Tout, sauf une carapace. Elle erre, ainsi vêtue, somnambule en déséquilibre au bord d'un monde ; la femme et la robe, toutes deux prêtes à glisser doucement sur les tapis défraîchis des salons.

Marguerite Yourcenar n'a besoin ni de parure ni d'armure. Pierre Bergé impose à Yves d'habiller l'exilée de Mount Desert, très éloignée des choses de la mode – inutiles coquetteries pour qui vit recluse dans le Maine, à la frontière canadienne :

« Tu verras, c'est excellent pour l'image de la marque, les journalistes vont adorer !

– Mais qu'est-ce que je vais bien pouvoir faire pour cette vieille peau ? Il faut la cacher ! »

Yves imagine un dolman et une jupe de velours brodé de passementerie, une cape en drap noir avec un châle en mousseline blanche qui lui couvre la tête. Ainsi vêtue, l'écrivaine entre à l'Académie, sans épée mais « accompagnée d'une troupe invisible de femmes ». Trois ans plus tôt, elle répondait à un journaliste de France Culture qui l'interrogeait à propos du féminisme aux États-Unis : « Si j'avais à jouer un rôle quelconque dans ce mouvement, je dirais : d'abord, commençons par mettre de l'ordre dans notre propre maison. Tant que la femme sera la victime des producteurs et des profiteurs de la mode, tant qu'elle consentira à se faire d'elle-même une image flattée, une image de rêve en quelque sorte, pour compenser les embêtements de sa propre vie, tant qu'elle jouera sur les deux tableaux, le tableau de la femme libre et le tableau de la femme séduisante… Rien à faire ! Commençons d'abord par arranger ça. »

Quand Yves affirme : « J'ai contribué à libérer les femmes », il ment. Il les a enfermées dans ses fantasmes dont elles ne sont que les portemanteaux. Il s'agit de plaire, au maître d'abord, aux hommes ensuite. Dans cette triangulation, il trouve son compte : plus les femmes séduisent, plus il a d'amants imaginaires. Car ce sont eux qu'Yves vise à travers les vêtements qu'il dessine pour elles. En dévoilant les seins sous la transparence d'une blouse en mousseline, il n'en perçoit que leur fonction sexuelle, impuissant à concevoir leur rôle maternant ; Lucienne n'a pas allaité ses enfants.

Tout au long de l'histoire, les femmes n'ont été que des corps parés pour les hommes, la mode d'Yves prolonge cet état de choses. En matière de libération, c'est une femme qui émancipe ses semblables en créant des vêtements fluides qui ne marquent ni la poitrine, ni la taille, ni les hanches, dessinant pour elles des pantalons et des marinières pendant la Première Guerre mondiale, simplifiant le chromatisme des vêtements au noir et blanc. C'était bien avant que la vieillesse et la Seconde Guerre ne modifient la vision de Gabrielle Chanel, devenue acariâtre et solitaire.

Questionnaire de Proust :
– Quel est votre personnage historique favori ?
– Mlle Chanel.

Un jour, la nièce apporte sa photo d'école qu'elle brandit tel un trophée. Comme souvent les enfants, elle est fière d'exhiber les témoignages de sa vie scolaire, dont ses bulletins de première de la classe, incapable de percevoir le mépris blessé de ceux qui n'ont pas fait d'études. L'oncle se moque du patronyme de la maîtresse, Mlle Tapin : « Mais qu'est-ce qu'elle vous enseigne avec un nom pareil ? » La nièce ne comprend pas.

Sur l'image, elle pointe du doigt sa meilleure amie. Réaction d'Yves : « Mais quelle horreur, elle est énorme ! » Cruauté inconsciente qui la blesse. Yves ne ressent pas l'empathie, personne ne lui en a donné les moyens ; il appartient à la tribu invisible des enfants tristes. La nièce n'a pas encore atteint l'âge de saisir l'indifférence à autrui qui caractérise l'oncle. Yves ne va jamais vers les autres, il faut toujours aller à lui. À force, c'est devenu une indifférence de mourant dont aucun désir ne peut plus guérir l'âme qui en est frappée. Quelque chose en lui implore le néant.

La fillette a grandi, il est au seuil de la mort. Les derniers mois de sa vie, elle n'est pas revenue vers lui. Yves a rompu avec le monde des vivants, elle s'occupe de ses jeunes enfants. Elle se tient à distance de la folie familiale.

XIII

Paris, février 2009.

Yves Saint Laurent n'assistera pas aux obsèques de sa collection d'art, la mort lui a épargné la dispersion aux enchères des objets sans lesquels il ne pouvait pas vivre. Pierre Bergé a décidé vite et seul, bien en amont du décès du couturier. Tout a été vendu neuf mois seulement après ses funérailles.

Les portes de l'église Saint-Roch à peine closes, les experts ont débarqué rue de Babylone pour l'inventaire et l'estimation des tableaux, des sculptures, et de tous les objets jusqu'à la moindre assiette. Puis, ils ont cédé la place aux déménageurs. Tout doit être emballé pour être exposé dans les grandes capitales où vivent les riches acquéreurs. New York, Londres et, dernière étape avant la vente, Paris. Revêtus de leur veste bleue, ils s'affairent dans l'appartement. Papier bulle ou papier de soie, couvertures en laine grise, adhésif brun, caisses en bois… Décrochage, emballage, étiquetage. Dans le grand salon, le tapis aux perroquets de Boiceau a été roulé pour faire de la place. Les tableaux, posés à terre, ont perdu leur aura de chefs-d'œuvre. De l'harmonie au chaos, jusqu'à ce que les lieux soient enfin vidés, on assiste à la fin d'un monde. Seul Moujik IV, le chien qui a survécu à son maître, erre au milieu des cartons.

Quelques mois plus tard, un couple d'anonymes passe en voiture devant le Grand Palais. Il est déjà tard. Malgré le froid et la nuit, ils sont surpris de constater qu'une foule fait encore la queue. « Ils en ont pour des heures », se disent-ils. Un panneau géant indique qu'il s'agit de la présentation puis de la vente aux enchères des tableaux et des objets d'art de la collection constituée par Yves Saint Laurent et Pierre Bergé. Un portrait du couple est affiché, photographié en noir et blanc par Alice Springs. Yves pose debout, une cigarette dans une main, l'autre dans la poche de son costume, Pierre est assis à ses côtés, les mains jointes. Aucun des deux ne sourit. On les appelait « les Saint Laurent », au désespoir de Bergé.

À l'extérieur, ceux qui attendent sous la pluie se justifient : « C'est la dernière fois qu'on pourra voir cette collection avant qu'elle soit dispersée, c'est pour ça qu'on brave les intempéries. » À l'intérieur de la nef, les gens défilent comme devant la dépouille d'un dictateur. Plus de trente mille personnes en trois jours : idolâtrie ou curiosité ? Tous se pressent pour admirer la reconstitution des pièces de l'appartement de la rue de Babylone, grand salon, salle à manger, salon de musique… « Être ici, c'est un peu comme l'approcher, entrer dans sa vie, se sentir chez lui… » ose une femme trop apprêtée. Trou de serrure de l'indiscrétion, apercevoir comment vivent les riches et célèbres, violer leur intimité fantasmée. Des commentaires fusent : « Quelle chance de vivre entouré de tant de beauté ! », ou bien l'inverse : « Ce doit être intimidant, angoissant… » D'autres ne regardent que les estimations : « Où va aller tout cet argent ? »

La première vente a lieu le soir du 25 février, sous la coupole devenue cathédrale, éclairée d'une lumière bleu *azul*. Mille deux cents sièges sont installés. Comme à Saint-Roch, ils se sont battus pour en être. Pas les vrais acquéreurs qui ne se déplacent pas – ils envoient leurs émissaires ou enchérissent par téléphone –, mais tous ceux qui ne veulent pas rater la vente du siècle, avides devant l'escalade de chiffres dont ils sont incapables de mesurer la réalité. Sur une estrade centrale, souriants, le commissaire-priseur et ses assistants sont en smoking. De chaque côté, deux panneaux lumineux, l'un pour indiquer le montant des enchères dans toutes les devises qui comptent, l'autre qui affiche l'image du lot en cours de vente. Les prix s'envolent à la hauteur du mythe. Le fauteuil aux Dragons d'Eileen Gray fait dix fois son estimation. Pour Yves, ce n'était qu'un siège fétiche sur lequel il aimait s'asseoir pour fumer une cigarette. Vingt-deux millions d'euros.

Record mondial pour une sculpture de Brancusi, *Portrait de Mme L.R.*, adjugé à près de trente millions. Paris, 1970 : Yves et Pierre viennent d'acheter l'appartement de la rue de Babylone qu'il faut aménager. Rue du Faubourg-Saint-Honoré, ils franchissent la porte de la galerie du marchand Alain Tarica. Sans les connaître, il leur présente une rare sculpture en bois que l'artiste avait échangée contre une toile du peintre Fernand Léger. Tarica l'a trouvée à Biot, chez Nadia, la veuve de l'artiste. L'objet n'a jamais été montré. Yves et Pierre adorent, ils l'achètent sur-le-champ. Pour la première fois dans sa carrière, le marchand voit entrer des inconnus qui repartent dans la foulée avec un objet de valeur. C'est le début d'une longue entente entre les trois hommes. Au fil des ans, il leur trouve des œuvres de Picasso, Mondrian, Degas, De Chirico, Paul Klee, Calder, Géricault, Odilon Redon, Léger, Duchamp, Juan Gris, du Douanier Rousseau, de Burne-Jones, Munch, Vuillard, Derain, James Ensor, Gainsborough, Ingres…

Goût parfait mais goût conformiste. Ni l'un ni l'autre n'étaient des découvreurs. Où sont les de Kooning, les Pollock, les Rothko, les Lichtenstein ? Yves ne vit que dans le passé et dans l'obsession des Noailles, depuis sa première visite dans l'hôtel particulier de la place des États-Unis, il y a une cinquantaine d'années. Picasso y côtoie Goya et Burne-Jones, Yves n'aura de cesse de reproduire l'esprit de Charles et Marie-Laure, les véritables pionniers. Il se rend souvent dans la galerie des Kugel pour se calmer. Il choisit un objet inestimable comme on prendrait un cachet d'anxiolytique. Un jour, il arrive avec l'agrandissement d'une photo de la vicomtesse, alanguie près d'un guéridon surchargé. Yves demande aux antiquaires de réunir pour lui les mêmes objets. Ils ont été vendus ce soir aux enchères, estampillés : « Provenance collection Bergé-Saint Laurent ». C'est la provenance qui importe le plus dans la formation du prix. Constructions imaginaires et désir de possession à travers lesquels se dissolvent les angoisses de collectionneurs névrotiques, bien loin de se douter du mépris que leur vouent « les Saint Laurent ». Cette arrogance permet à Yves et Pierre de se distinguer des enrichis qu'ils sont eux-mêmes devenus. À propos d'un armateur qui a dépensé une fortune pour acquérir un lot, Pierre se désole : « Imaginer ce chef-d'œuvre chez un type qui porte des chaussettes en nylon, c'est un crève-cœur ! »

Trois jours plus tard, le couple qui passait devant le Grand Palais lit le gros titre qui occupe la une de *Libération* : « Saint Laurent-Bergé, la vente d'une vie ». Comprennent-ils que c'est la vie d'Yves qui vient d'être vendue ? Il aimait les objets plus que les êtres vivants. Le mari lit à voix haute, annonçant l'ampleur : « Plus de sept cents lots, près de quatre cents millions d'euros... » Son épouse demande : « Il était donc si riche ? » Tout a commencé au XIXe siècle, quelque part dans le sud de l'Espagne, accablé de misère. Mais cela, ils l'ignorent.

À la fin du film *Citizen Kane*, le majordome aide à l'inventaire du château. Les objets précieux sont emballés, les autres sont jetés au feu. « *Throw that junk !* » s'écrie-t-il devant un vieux traîneau en bois. Considéré comme un déchet, il est balancé dans les flammes du brasier. L'inscription « *Rosebud* » apparaît, révélant l'énigme de la seule chose à laquelle le vieil homme tenait encore : le souvenir d'une enfance simple, insouciante et heureuse, quand il glissait sur sa luge bon marché lors des hivers neigeux du Colorado. *Rosebud*, c'est l'objet impossible à avoir car à jamais perdu. Kane meurt seul dans un soupir en prononçant ce nom que personne n'entend.

« *Caracol, col, col...* », Sister Morphine susurre à l'oreille d'Yves la berceuse de son enfance, quand elle l'emporte par la fenêtre de sa chambre, dans la nuit étoilée de juin. *El niño azul*, a échappé au marteau des commissaires-priseurs, le Goya a été donné au Louvre.

Marrakech, huit ans plus tard, novembre 2017.

Une urne remplie de cendres est posée sur une colonne. À côté, le portrait du disparu. C'est Pierre Bergé. Peu connu du grand public, il a été le metteur en scène du mythe Saint Laurent, réglant les moindres détails, se mêlant de tout. Il espérait tenir jusqu'en octobre, pour l'inauguration du musée Saint Laurent installé dans l'hôtel particulier de la défunte maison de couture, il est mort début septembre. Il avait quatre-vingt-trois ans.

Pierre donnait l'impression d'être invincible malgré le fauteuil roulant et le chapeau destiné à cacher la tumeur qui lui déforme le crâne. Le fauteuil, il s'en amusait avec son joystick qui lui rendait sa mobilité perdue à cause de la myopathie. De la plupart des êtres en fin de vie, on peut dire qu'ils sont des petits vieux tels qu'on se représente la vieillesse quand on ne l'a pas encore approchée de trop près. Pas lui. Jusqu'au dernier moment, jusqu'à ce qu'il fût allongé sur son lit, dans sa maison de Saint-Rémy-de-Provence, il a dégagé la même force vitale qui lui a permis de soulever des montagnes, depuis l'enfance pauvre sur l'île d'Oléron jusqu'aux cimes du pouvoir mitterrandien.

Il avait plus d'ennemis que d'amis. Enfin mort, ce scorpion de novembre ne risque plus de les piquer. Ils sont peu nombreux à avoir fait le déplacement jusqu'au jardin

Majorelle pour jeter une poignée de ses cendres dans la roseraie. Si peu qu'il en reste dans l'urne plus de la moitié.

Yves et Pierre se rêvaient parfois Achille et Patrocle. Mais le guerrier en colère est mort avant son écuyer. Dans cette parcelle de terre marocaine, à l'instar du mythe, leurs cendres ont été mêlées.

Avant Marrakech, il y a eu une collation chez Prunier, à côté de la place de l'Étoile. Pierre avait racheté le restaurant, il adorait le caviar. Là, il y a foule. Une foule de gauche avec des têtes connues qui rient fort en s'empiffrant d'œufs d'esturgeon et d'huîtres d'Oléron. Leur mécène vient de passer à la trappe, ils vont devoir le remplacer. C'est la vie des politiques, des artistes et des chercheurs en perpétuelle quête de financement. Alors ils boivent du champagne pour oublier.

Paris, juin 2018.

À l'église Saint-Roch, on commémore les dix ans de la mort d'Yves Saint Laurent. Oubliés, les badauds de 2008, oubliés, les *people*, il n'y a quasiment personne. Est-ce la mort de Pierre Bergé qui rend les bancs clairsemés ? Il y a Madison Cox, le veuf de Pierre, Betty Catroux, Maryvonne Pinault sans son mari, François, le propriétaire de Saint Laurent depuis 1999. Et une poignée d'anonymes.

La nièce lit un texte sur son oncle. Elle a choisi un extrait du portrait que Marguerite Duras a fait de lui. Yves a aimé l'imaginaire érotique durassien comme un écho du sien. La gloire du subissement d'Anne-Marie Stretter, ouverte à tous et à tout, y compris à la souffrance, ressemble à la façon qu'il avait de se livrer totalement.

« [...] Au demeurant c'est une espèce d'enfant. Alto. Haut. Oranais à la peau blanche. Il intimide. [...] Il arrive droit sur vous. Il porte jusqu'à vous ce visage nu, aveuglé de peur. Dans le sourire, comme dans le regard, aucune espèce de signe de pouvoir, ni de feinte, ni de comédie.

« Le regard d'Yves Saint Laurent on ne peut pas le décrire. Il est d'abord in-sou-tenable de douceur, de douleur. Puis dans ce même état d'infinitude ce regard change et devient un lieu de silence. Il regarde ce qu'il voit. Il voit les yeux ouverts. Et il voit les yeux fermés. Comme tout le monde. [...]

« Je reviens encore à ce regard. Celui d'un seul homme, difficile à dire ça, celui de seulement un seul dans le monde. Il regarde une femme, un homme. Je crois qu'il n'analyse rien. Je veux dire qu'il ne fait pas de réflexion sur les choses qui lui sont quasi contemporaines, et même qu'il ne nomme pas le mal, le mal le bien, le bien. Il prend le tout avec le mal et le bien ou il laisse. [...] Il faut prendre le tout. Sans cela il n'y a pas d'écrivain, pas d'Yves Saint Laurent. »

Oui, Yves est resté jusqu'à la fin cette espèce d'enfant solitaire au regard bleu insoutenable de douleur. Malgré la gloire, l'inclémence du destin n'a jamais permis qu'il retrouve l'amour dérobé si peu d'années après sa naissance. Fallait-il l'en priver afin qu'il devienne ce créateur reconnu dans le monde entier ?

Pour l'éternité, Yves porte cette contradiction humaine qui oscille entre grâce et turpitude, mais avec une telle ampleur que la mécanique des ondes dessine une houle irrégulière et menaçante. Démence océanique : à travers le violent ressac des vagues qui se brisent sur elles-mêmes, c'est le récit tragique d'une damnation puis d'une rédemption, rythmé par le chœur d'enfants des *Scènes de Faust* composées par Schumann, « *Dir, der Unberührbaren*, Toi, l'Intouchable… ».

Anne-Marie Stretter s'est noyée dans le delta du Gange, elle repose dans le cimetière de Calcutta. Les cendres d'Yves ont enrichi la terre où poussent les rosiers, dans le jardin Majorelle, à Marrakech. Tous les deux immortels.

Épilogue

Psyché, observant à la dérobée le corps assoupi de son amant, découvre sa beauté. L'auteure, penchée sur la dépouille d'un vieil homme obèse et impotent, dans l'ignorance de ce qu'elle allait trouver, a cherché ce qui distingue Yves Saint Laurent de sa gloire. L'une et l'autre commettent un acte sacrilège.

Écrire sur quelqu'un, c'est intervenir dans sa vie. Au mieux, pour réinterpréter le réel. Au pire, c'est une violence. Ceci n'est pas une biographie. Ni un regard. Éros exige de Psyché de ne pas le voir pour que l'amour, au-delà de l'apparence, unisse deux êtres-sujets, jamais saisis l'un par l'autre à l'état de choses. Comment affranchir Yves de la condition d'objet auquel sa renommée l'a réduit ? En n'écrivant pas sur lui mais à travers lui, pour raviver des mémoires éteintes, rejoindre des âmes et des corps qui n'existent plus, car l'explication d'un être dessine une cartographie qui s'étend au-delà des limites d'une seule vie. C'est le récit d'un voyage dans le temps, intime et universel.

L'auteure a connu et aimé cet homme car, à un moment donné, elle l'a regardé avec des yeux d'enfant, épargnée par la fascination qu'exerce la célébrité. En grandissant, elle l'a jugé et moins aimé. Jusqu'à ce qu'elle comprenne qu'ils avaient en commun un récit silencieux qui les a ensevelis sous une même chape.

En 1964, Jean Starobinski s'adresse ainsi aux psychiatres, à l'hôpital de Cery : « Le regard du chasseur sur le bain de Diane n'est que celui de l'indiscrétion sacrilège… Aussi Actéon, transformé en bête, périt-il déchiré par sa propre meute. Critiques, analystes, gardez allumée la lampe de Psyché, mais songez au destin d'Actéon. »

Mi-Actéon, mi-Psyché, narrateur et auteure ne coïncident pas forcément, l'un s'effaçant parfois devant l'autre. Le premier, omniscient, se prend pour Dieu, croit tout connaître de la vie d'Yves, la seconde n'a dans sa gibecière que des souvenirs, des émotions et des impressions, chassés dans les marais d'autrefois. Le récit qu'ils ont tissé s'établit hors chronologie. Les pièces du puzzle d'Yves s'emboîtent au hasard, certaines sont manquantes. L'image ainsi reconstituée n'existe que par ses blancs, silences posés sur la partition de la vie d'un homme.

Remerciements

À mes amies lectrices,

Fabienne Arbelot,
Marie-Christine Azoulay,
Nathalie Cohen,
Catherine Colo,
Geneviève Haroche-Bouzinac,
Salomé Viaud.

À mon cousin, Laurent Levasseur.

Œuvres citées

p. 9 : Louis-Ferdinand Céline, *Voyage au bout de la nuit*, Gallimard, Paris, 1932

p. 11 : Orson Welles, *Citizen Kane* (film), Mercury Theatre/ RKO Productions, 1941

p. 31 : Pierre Bergé, *Lettres à Yves*, Gallimard, Paris, 2010

p. 71 : Marcel Proust, *Le Côté de Guermantes* in *À la recherche du temps perdu*, tome II, Gallimard, Paris, 1988

p. 181 : Marguerite Duras, « Le Bruit et le silence », préface à *Yves Saint Laurent et la photographie de mode*, Albin Michel, Paris, 1988

p. 184 : Jean Starobinski, « Exposé présenté en juin 1964 à l'hôpital de Céry (Lausanne) », *La Relation critique*, Gallimard, Paris, 1970

RÉALISATION : NORD COMPO À VILLENEUVE-D'ASCQ
ACHEVÉ D'IMPRIMER SUR ROTO-PAGE
PAR L'IMPRIMERIE FLOCH À MAYENNE
DÉPÔT LÉGAL : SEPTEMBRE 2022 – N° 150585 (100878)
IMPRIMÉ EN FRANCE